COLLECTION
FOLIO BILINGUE

Jorge Luis Borges

El libro de arena
Le livre de sable

*Traduit de l'espagnol
par Françoise Rosset*

*Préface et notes
de Jean-Pierre Bernès*

Gallimard

La traduction française a été revue pour la présentation de cette édition bilingue par Jean-Pierre Bernès.

El libro de arena
Le livre de sable

PRÉFACE

Jorge Luis Borges qui se considérait essentiellement comme « un poète anarchiste paisible » aurait souhaité qu'à défaut d'un grand texte, on ne retînt de son œuvre que quelques vers sonores et définitifs. Par exemple, ce vers qui eût été le résumé sonore de Buenos Aires, la ville qu'il aimait tant. Pourtant ses lecteurs, la grande majorité de ses lecteurs, ont préféré associer son souvenir à une autre forme littéraire, le conte fantastique. Bien sûr, Borges sort vaincu de cette réduction, d'autant qu'il a toujours professé l'absence de différence essentielle entre la prose et les vers tout comme entre les différents genres littéraires qu'il se refuse à individualiser, et qu'il métisse ad libitum *dans une écriture singulière, reconnaissable entre toutes, qualifiée dans notre langue à son corps défendant — de borgésienne, terme qu'il réprouvait. Il lui préférait l'adjectif borgien qui restitue la filiation castillane (borgeano, borgiano) et n'élude pas cette pointe de poison tellement nécessaire à une authentique fragrance. Il était, bien sûr, un perturbateur. Son premier texte publié à l'âge de douze ans, El Rey de la selva (Le Roi de la forêt), est déjà une naïve fiction édifiante, cruelle et gauche, peuplée de tigres, animal dont la réalité obsédante est déjà curieusement préfixée dans l'une des premières pages d'écriture de l'enfance. Mais, dès l'âge de sept ans, le jeune Borges avait écrit un texte aujourd'hui disparu,* La Visera fatal *(La Visière fatale), qui était en fait une variation sur* Don Quichotte *et le premier élément d'une longue série qui devait s'inscrire dans la lignée du chef-d'œuvre cervantin, modèle troublant parce qu'il mélangeait texte, hors-texte, contexte, auteur, transcripteur et personnages dans le désordre ordonné d'un exemplaire et systématique palimpseste.*

Borges attendra la trentaine pour renouer avec l'univers de la fiction qu'il va peupler, momentanément, de marlous bagarreurs dans un texte presque aussitôt renié, Hombres pelearon *(Bataille d'hommes)* [1]*, où la veine allégorique prend le pas sur l'intrigue et rattache le récit à une mythologie édifiante du faubourg portègne* [2] *qui dans le cas présent, s'inscrit dans le droit-fil des batailles des gestes médiévales délivrant le jugement de Dieu.*

En 1935 il publie son Histoire universelle de l'infamie*, fragments d'une histoire infinie dont les chapitres rédigés entretissent la fiction et la réalité, la lecture et l'écriture, dans une mutation qui prélude à l'accomplissement si longtemps différé.*

1938 marque un tournant dans cette voie qui se cherche. Un accident qui exige une preuve pour que la guérison soit patente, la mort du père, bref auteur de modestes fictions, sans doute justement oubliées, de Caudillo*, roman édifiant, et surtout* La Cúpula de Oro *(La Coupole d'or), conte néo-orientaliste et à la fois infranchissable barrière pour un fils respectueux, ouvrent pour J. L. Borges une nouvelle perspective, au-delà des normes, des critères, des conventions et des canons. Par une transversale symétrie, la première transgression de l'ordre sera la fantastique*

---

1. La traduction française est de J. L. Borges lui-même.
2. Qui se réfère à Buenos Aires (le port).

réécriture, par Pierre Ménard[1] interposé, du texte canonique cervantin désacralisé et doublement installé dans l'artifice[2].

Artificios *(Artifices), tel sera le nom initial aujourd'hui secret, du recueil qui va l'inclure, et que l'éditeur baptisera sur le mode générique,* Fictiones *(Fictions), terme qui décrit le contenu et explicite son statut. Dès lors, J. L. Borges privilégie l'écriture de la fiction et il produit les contes fantastiques les plus mémorables dans des revues argentines dont il est le porte-étendard ou l'instigateur,* Sur, Anales de Buenos Aires. *Il les réunit en 1949 dans* L'Aleph, *le chef-d'œuvre de la maturité, très écrit (Borges disait* sobreescrito*), d'une grande complexité métaphorique, à la fois ouverture et achèvement, si l'on s'en tient à une lecture kabbalistique. En 1970 paraissent les onze récits qui constituent le* Rapport de Brodie. *Borges renonce « aux surprises du style baroque », aux charmes un peu pervers d'une écriture de la distorsion qui cultive la rupture et la constance d'une certaine incongruité lexicale existante. Il décide d'écrire simplement et il se limite dès lors à une manière de degré zéro de la fiction :*

« *Vous voyez, je n'invente rien. Je fais du fantastique avec des éléments communs. Ce sont des histoires plutôt calmes[3].* »

C'est dans Le Livre de sable, *dont les textes furent écrits entre 1970 et 1975 et publiés en 1975 que J. L. Borges a réuni ses derniers contes fantastiques[4]. Ils constituent la forme*

---

1. Cf. La nouvelle *Pierre Ménard, auteur du Quichotte*, in *Fictions*.
2. Il n'est pas sans intérêt de noter que le dernier récit de Borges, depuis longtemps projeté, mais toujours en sursis, devait s'inscrire lui aussi dans les marges du chef-d'œuvre de Cervantes, obsessionnellement présent dans toute l'histoire de la fiction borgienne.
3. Entretiens inédits avec J.-P. Bernès, Genève, 1986. A paraître.
4. En réalité, un dernier recueil, à paraître, réunira ses ultimes fictions. Borges avait souhaité l'intituler *La Mémoire de Shakespeare*.

achevée d'un genre dont ils représentent l'aboutissement serein, l'archétype.

Nous les avons relus entre le 25 et le 27 mai 1986, quelques jours seulement avant son départ. Borges, à cette occasion, ponctuait la lecture d'un appareil inédit d'annotations orales, émotives ou philologiques dont on trouvera des échos dans la présente édition. Il amplifiait ses récits, les surchargeait, il les explicitait sans réserve faisant fi de sa vieille pudeur victorienne, et manifestant dans ses commentaires la vigueur iconoclaste qu'il portait à toutes choses. L'inquisiteur était la flamme.

A l'heure des ultimes bilans, J. L. Borges présente Le Livre de sable, *son ouvrage préféré, comme un exutoire qui délivre :*

« Je l'ai écrit quand j'étais prisonnier d'une bibliothèque de Buenos Aires. » On connaît les faits. Au terme de la « Révolution libératrice », qui renversa Péron, le tyran cyclique honni, Borges avait été nommé Directeur de la Bibliothèque Nationale de Buenos Aires, monstrueuse fatalité qui condamnait l'aveugle au rôle de gardien du temple des livres. Il avait alors symboliquement dispersé ses propres livres et sa bibliothèque privée dans l'anonymat du fonds public. C'était la seule condition du don, geste qu'il transcrira métaphoriquement dans l'histoire exemplaire du Livre de sable. *Selon Borges, l'ouvrage a vocation d'universalité :*

« C'est un livre, un seul volume où il y a tout. »

Il se présente en effet comme la somme des obsessions et des thèmes repris avec une constante ferveur tout au long d'une démarche littéraire résolument vouée à la symétrie, à la réécriture, aux variations, versions et perversions d'un corpus dont les étapes ne se différencient que par la tonalité de la diction, Borges passant insensiblement d'un style qui privilégie la métaphore, l'intellect et l'emphase, la rhétorique classique, les souvenirs de lecture de Quevedo et de Villaroel, des esthètes finis saecularis, *à une intonation plus essentielle, plus physique et musicale, plus tempérée et plus personnelle, plus modeste aussi, ce qui pourrait faire croire à deux grandes étapes que la chronologie borgienne, elle aussi atypique, préserve d'une généralisation excessive trop réductrice, et associe en fait tout au long de l'œuvre dans de mystérieux rapports de proportion.*

On notera donc, parmi d'autres, dans Le Livre de sable, *la présence du thème du double, à l'ouverture du recueil, dans le récit intitulé* L'Autre, *terme qui nommait dès 1964 un important ouvrage poétique de Borges,* L'Autre, le Même. *On notera aussi, dans le récit labyrinthique intitulé* Le Congrès, *le thème de la société secrète, qui atteindra dans le poème final des* Conjurés *son indépassable paradigme, mais aussi des variations sur l'infini, sur le livre ou l'écriture, sur les mythologies nordiques ou plus modestement créoles d'Argentine, dans des récits tous uniformément bondés de précisions autobiographiques, très souvent déguisées, parfois impudentes, toujours pertinentes, qu'il convient bien évidemment de décrypter, car elles tempèrent l'abstraction d'un discours, que l'on a eu trop tendance à déshumaniser, en prétendant l'installer dans l'universel. Thèmes aux variations inattendues, dont le catalogue limité faisait dire à Borges, sur le ton d'une fausse humilité :*

« Je n'ai été sollicité tout au long de ma vie que par un nombre restreint de sujets ; je suis décidément monotone. »

Pour Le Livre de sable, *J. L. Borges n'a point souhaité de préface. Il professait que la préface est ce moment du livre où l'auteur est le moins auteur et presque un lecteur avec les droits qu'implique ce statut privilégié. Il a donc préféré un épilogue postérieur aux découvertes imprévues de la lecture. S'ajoute à ce texte une note de synthèse pour la quatrième de couverture. On sait l'habileté de Borges — qui avait de surcroît la phobie des longueurs — pour ces exercices de brièveté qu'il a portés à la perfection dans tous les genres littéraires et en particulier dans la rédaction de ces fragments qu'il nomme « Biographies synthéti-*

ques », *et qui sont issus de la grande tradition des anciens rédacteurs de l'Encyclopédie britannique.*

On retrouve dans ce texte justificatif sa modestie — sa feinte modestie — lorsqu'il prétend réduire l'ouvrage à « quelques variations partielles qui sont comme chacun le sait, l'instrument classique de l'irréparable monotonie ». Le but avoué ? « Je n'écris point pour une minorité choisie qui ne m'importe guère, ni pour cette entité platonique adulée que l'on nomme la Masse. Je ne crois point à ces deux abstractions chères au démagogue. J'écris pour moi, pour mes amis et pour atténuer le cours du temps. »

*Dans ces « exercices d'aveugle, à l'exemple de Wells », on pourra détecter bien sûr les traces de lectures passionnées, pratiquées avec une belle fidélité : Swift, Edgar Allan Poe, mais aussi Marcel Schwob associé dès le premier séjour genevois à l'apprentissage de la langue française et bien évidemment l'auteur d'*Yzur, *de* La Force Oméga, *de la* Kabbale pratique *ou du* Miroir noir, *Leopoldo Lugones, le compatriote argentin de la génération antérieure, à la fois modèle, référence, mais aussi insupportable présence, dont le suicide en 1938 coïncide curieusement avec les premiers essais borgiens de littérature fantastique pleinement assumés.*

Le Livre de sable *se présente donc comme la souveraine synthèse de l'univers fantastique de J. L. Borges. Il constitue l'aboutissement d'une recherche, d'une esthétique, d'une problématique conduisant à la découverte jubilatoire d'un style serein, presque oral, associé, dans une registration inhabituelle, à une situation fantastique. Ouvrage capital de Borges, livre infini, dérangeant à l'image de cette poignée de sable dispersée par une main à vocation de sablier, qui allait définitivement transformer le désert. Livre-titre, hélas non réductible à ce vocable essentiel qui est, en réalité, l'attribut et le nom du créateur, amorce* aléphale[1] *du livre total non écrit, non réalisé, mais toujours désiré, rêvé jusqu'à l'ultime confidence :*

« *Nous passons notre vie à attendre notre livre et il ne vient pas*[2]. »

J.-P. B.

---

1. Référence à l'aleph, première lettre de l'alphabet hébraïque.
2. Entretiens avec J.-P. Bernès, Genève, 4 juin 1986.

El otro
L'autre

El hecho ocurrió en el mes de febrero de 1969, al norte de Boston, en Cambridge. No lo escribí inmediatamente porque mi primer propósito fue olvidarlo, para no perder la razón. Ahora, en 1972, pienso que si lo escribo, los otros lo leerán como un cuento y, con los años, lo será tal vez para mí.

Sé que fue casi atroz mientras duró y más aún durante las desveladas noches que lo siguieron. Ello no significa que su relato pueda conmover a un tercero.

Serían las diez de la mañana. Yo estaba recostado en un banco, frente al río Charles. A unos quinientos metros a mi derecha había un alto edificio, cuyo nombre no supe nunca. El agua gris acarreaba largos trozos de hielo. Inevitablemente, el río hizo que yo pensara en el tiempo. La milenaria imagen de Heráclito. Yo había dormido bien; mi clase de la tarde anterior había logrado, creo, interesar a los alumnos. No había un alma a la vista.

Sentí de golpe la impresión (que según los psicólogos corresponde a los estados de fatiga) de haber vivido ya aquel momento.

Le fait se produisit en février 1969, au nord de Boston, à Cambridge. Je ne l'ai pas relaté aussitôt car ma première intention avait été de l'oublier pour ne pas perdre la raison. Aujourd'hui, en 1972, je pense que si je le relate, on le prendra pour un conte et qu'avec le temps, peut-être, il le deviendra pour moi.

Je sais que ce fut presque atroce tant qu'il dura, et plus encore durant les nuits d'insomnie qui suivirent. Cela ne signifie pas que le récit que j'en ferai puisse émouvoir un tiers.

Il devait être dix heures du matin. Je m'étais allongé sur un banc face au fleuve Charles. A quelque cinq cents mètres sur ma droite il y avait un édifice élevé dont je ne sus jamais le nom. L'eau grise charriait de gros morceaux de glace. Inévitablement, le fleuve me fit penser au temps. L'image millénaire d'Héraclite. J'avais bien dormi ; la veille, mon cours de l'après-midi était parvenu, je crois, à intéresser mes élèves. Alentour il n'y avait pas âme qui vive.

J'eus soudain l'impression (ce qui d'après les psychologues correspond à un état de fatigue) d'avoir déjà vécu ce moment.

En la otra punta de mi banco alguien se había sentado. Yo hubiera preferido estar solo, pero no quise levantarme en seguida, para no mostrarme incivil. El otro se había puesto a silbar. Fue entonces cuando ocurrió la primera de las muchas zozobras de esa mañana. Lo que silbaba, lo que trataba de silbar (nunca he sido muy entonado), era el estilo criollo de *La tapera* de Elías Regules. El estilo me retrajo a un patio, que ha desaparecido, y a la memoria de Alvaro Melián Lafinur, que hace tantos años ha muerto. Luego vinieron las palabras. Eran las de la décima del principio. La voz no era la de Alvaro, pero quería parecerse a la de Alvaro. La reconocí con horror.

Me le acerqué y le dije :

—Señor, ¿ usted es oriental o argentino ?

—Argentino, pero desde el catorce vivo en Ginebra —fue la contestación.

Hubo un silencio largo. Le pregunté :

—¿ En el número diecisiete de Malagnou, frente a la iglesia rusa ?

Me contestó que sí.

—En tal caso —le dije resueltamente— usted se llama Jorge Luis Borges. Yo también soy Jorge Luis Borges. Estamos en 1969, en la ciudad de Cambridge.

—No —me respondió con mi propia voz un poco lejana.

Al cabo de un tiempo insistió :

1. Elias Regules. Poète uruguayen né en 1860 à Montevideo, auteur de *Versos criollos* (1915).
2. Alvaro Melián Lafinur. Cousin uruguayen du père de Borges,

A l'autre extrémité de mon banc, quelqu'un s'était assis. J'aurais préféré être seul, mais je ne voulus pas me lever tout de suite, pour ne pas paraître discourtois. L'autre s'était mis à siffloter. C'est alors que m'assaillit la première des anxiétés de cette matinée. Ce qu'il sifflait, ce qu'il essayait de siffler (je n'ai jamais eu beaucoup d'oreille) était la musique créole de *La Tapera,* d'Elias Regules[1]. Cet air me ramena à un patio, qui a disparu, et au souvenir d'Alvaro Melian Lafinur[2], qui est mort depuis si longtemps. Puis vinrent les paroles. Celles du premier couplet. La voix n'était pas celle d'Alvaro, mais elle cherchait à ressembler à celle d'Alvaro. Je la reconnus avec horreur.

Je m'approchai de lui et lui demandai :

— Monsieur, vous êtes Uruguayen ou Argentin ?

— Je suis Argentin, mais depuis 1914 je vis à Genève. — Telle fut sa réponse.

Il y eut un long silence. Je repris :

— Au numéro 17 de la rue Malagnou, en face de l'église russe ?

Il me répondit que oui.

— En ce cas, lui dis-je résolument, vous vous appelez Jorge Luis Borges. Moi aussi je suis Jorge Luis Borges. Nous sommes en 1969, et dans la ville de Cambridge.

— Non, me répondit-il avec ma propre voix, un peu lointaine.

Au bout d'un moment, il insista :

né en 1889. Ce poète mineur devait devenir membre de l'Académie argentine des Lettres en 1936. Il joua un rôle très important dans l'éducation du jeune Borges.

—Yo estoy aquí en Ginebra, en un banco, a unos pasos del Ródano. Lo raro es que nos parecemos, pero usted es mucho mayor, con la cabeza gris.

Yo le contesté :

—Puedo probarte que no miento. Voy a decirte cosas que no puede saber un desconocido. En casa hay un mate de plata con un pie de serpientes, que trajo del Perú nuestro bisabuelo. También hay una palangana de plata, que pendía del arzón. En el armario de tu cuarto hay dos filas de libros. Los tres volúmenes de *Las Mil y Una Noches* de Lane con grabados en acero y notas en cuerpo menor entre capítulo y capítulo, el diccionario latino de Quicherat, la *Germania* de Tácito en latín y en la versión de Gordon, un *Don Quijote* de la casa Gernier, las *Tablas de Sangre* de Rivera Indarte, con la dedicatoria del autor, el *Sartor Resarius* de Carlyle, una biografía de Amiel y, escondido detrás de los demás, un libro en rústica sobre las costumbres sexuales de los pueblos balkánicos. No he olvidado tampoco un atardecer en un primer piso de la plaza Dubourg.

—Dufour —corrigió.

—Está bien. Dufour. ¿Te basta con todo eso ?

—No —respondió—. Esas pruebas no prueban nada. Si yo lo estoy soñando, es natural que sepa lo que yo sé. Su catálogo prolijo es del todo vano.

La objeción era justa. Le contesté :

— Moi, je suis à Genève, sur un banc, à quelques pas du Rhône. Ce qui est étrange c'est que nous nous ressemblons, mais vous êtes bien plus âgé que moi, vous avez les cheveux gris.

Je lui répondis :

— Je peux te prouver que je ne mens pas. Je vais te dire des choses qu'un inconnu ne pourrait pas savoir. A la maison, il y a un maté d'argent avec un pied en forme de serpent que notre arrière-grand-père a ramené du Pérou. Il y a aussi une cuvette d'argent qui pendait à l'arçon. Dans l'armoire de ta chambre il y a deux rangées de livres. Les trois volumes des *Mille et Une Nuits* de Lane, illustrés d'eaux-fortes et avec des notes en petits caractères entre les chapitres, le dictionnaire latin de Quicherat, la *Germanie* de Tacite en latin et dans la traduction de Gordon, un *Don Quichotte* de chez Garnier, les *Tablas de Sangre* de Rivera Indarte [1], avec une dédicace de l'auteur, le *Sartus Resartus* de Carlyle, une biographie d'Amiel et, caché derrière les autres, un livre broché sur les mœurs sexuelles des peuples balkaniques. Je n'ai pas oublié non plus une fin d'après-midi dans un premier étage de la place Dubourg.

— Dufour, corrigea-t-il.

— Parfaitement, Dufour. Cela te suffit ?

— Non, répondit-il. Ces preuves ne prouvent rien. Si je suis en train de vous rêver, il est naturel que vous sachiez ce que je sais. Votre catalogue prolixe est tout à fait vain.

L'objection était juste. Je lui répondis :

1. José Rivera Indarte (1814-1845). Proscrit argentin de la génération de 1837, qui émigra en Uruguay pour fuir la tyrannie de Rosas.

—Si esta mañana y este encuentro son sueños, cada uno de los dos tiene que pensar que el soñador es él. Tal vez dejemos de soñar, tal vez no. Nuestra evidente obligación, mientras tanto, es aceptar el sueño, como hemos aceptado el universo y haber sido engendrados y mirar con los ojos y respirar.

—¿Y si el sueño durara? —dijo con ansiedad.

Para tranquilizarlo y tranquilizarme, fingí un aplomo que ciertamente no sentía. Le dije :

—Mi sueño ha durado ya setenta años. Al fin y al cabo, al recordarse, no hay persona que no se encuentre consigo misma. Es lo que nos está pasando ahora, salvo que somos dos. ¿No querés saber algo de mi pasado, que es el porvenir que te espera?

Asintió sin una palabra. Yo proseguí un poco perdido :

—Madre está sana y buena en su casa de Charcas y Maipú, en Buenos Aires, pero padre murió hace unos treinta años. Murió del corazón. Lo acabó una hemiplejia ; la mano izquierda puesta sobre la mano derecha era como la mano de un niño sobre la mano de un gigante. Murió con impaciencia de morir, pero sin una queja. Nuestra abuela había muerto en la misma casa. Unos días antes del fin, nos llamó a todos y nos dijo : « Soy una mujer muy vieja, que está muriéndose muy despacio. Que nadie se alborote por una cosa tan común y corriente. » Norah, tu hermana, se casó y tiene dos hijos. A propósito, en casa, ¿cómo están?

— Si cette matinée et cette rencontre sont des rêves, chacun de nous deux doit penser qu'il est le rêveur. Peut-être cesserons-nous de rêver, peut-être non. Entre-temps nous sommes bien obligés d'accepter le rêve, tout comme nous avons accepté l'univers et comme nous acceptons le fait d'avoir été engendrés, de regarder avec les yeux, de respirer.

— Et si le rêve se prolongeait ? dit-il avec anxiété.

Pour le calmer et me calmer moi-même, je feignis un aplomb qui, assurément, me faisait défaut. Je lui dis :

— Mon rêve a déjà duré soixante-dix ans. En fin de compte, quand on se souvient, on ne peut se retrouver qu'avec soi-même. C'est ce qui est en train de nous arriver, à ceci près que nous sommes deux. Ne veux-tu pas savoir quelque chose de mon passé, qui est l'avenir qui t'attend ?

Il acquiesça sans dire un mot. Je continuai, un peu perdu :

— Mère est en pleine forme, dans sa maison, au coin de Charcas et de Maipu, à Buenos Aires, mais Père est mort depuis une trentaine d'années. Il est mort d'une maladie de cœur. Une crise d'hémiplégie l'a emporté ; sa main gauche posée sur sa main droite était comme la main d'un enfant sur celle d'un géant. Il est mort avec l'impatience de mourir, mais sans une plainte. Notre grand-mère était morte dans la même maison. Quelques jours avant la fin, elle nous avait tous fait venir auprès d'elle et elle nous avait dit : « Je suis une très vieille femme qui est en train de mourir très lentement. Que personne ne s'affole d'une chose aussi commune et aussi banale. » Norah, ta sœur, s'est mariée et a deux garçons. A propos, comment vont-ils à la maison ?

—Bien. Padre siempre con sus bromas contra la fe. Anoche dijo que Jesús era como los gauchos, que no quieren comprometerse, y que por eso predicaba en parábolas.

Vaciló y me dijo :

—¿ Y usted ?

—No sé la cifra de los libros que escribirás, pero sé que son demasiados. Escribirás poesías que te darán un agrado no compartido y cuentos de índole fantástica. Darás clases como tu padre y como tantos otros de nuestra sangre.

Me agradó que nada me preguntara sobre el fracaso o éxito de los libros. Cambié de tono y proseguí :

—En lo que se refiere a la historia... Hubo otra guerra, casi entre los mismos antagonistas. Francia no tardó en capitular ; Inglaterra y América libraron contra un dictador alemán, que se llamaba Hitler, la cíclica batalla de Waterloo. Buenos Aires, hacia mil novecientos cuarenta y seis, engendró otro Rosas, bastante parecido a nuestro pariente. El cincuenta y cinco, la provincia de Córdoba nos salvó, como antes Entre Ríos. Ahora, las cosas andan mal. Rusia está apoderándose del planeta ; América, trabada por la superstición de la democracia, no se resuelve a ser un imperio. Cada día que pasa nuestro país es más provinciano. Más provinciano y más engreído, como si cerrara los ojos. No me sorprendería que la enseñanza del latín fuera reemplazada por la del guaraní.

---

1. Juan Manuel de Rosas (1793-1877). Dictateur de la confédération argentine entre 1829 et 1852. Borges lui consacre un poème, *Rosas*, publié dans le recueil *Ferveur de Buenos Aires* en 1923. Il devait

— Bien. Père, toujours avec ses plaisanteries contre la foi. Hier soir il nous a dit que Jésus était comme les gauchos qui ne veulent jamais se compromettre, et que c'est pour cela qu'il prêchait par paraboles.

Il hésita puis il me dit :

— Et vous ?

— Je ne sais pas le nombre de livres que tu écriras, mais je sais qu'il y en aura trop. Tu écriras des poésies qui te procureront un plaisir non partagé, et des contes de caractère fantastique. Tu donneras des cours comme ton père et comme tant d'autres personnes de notre famille.

Je fus heureux qu'il ne me demandât rien sur l'échec ou le succès de ces livres. Je repris, sur un autre ton :

— Pour ce qui est de l'Histoire... Il y a eu une autre guerre, presque entre les mêmes protagonistes. La France n'a pas tardé à capituler ; l'Angleterre et l'Amérique ont livré contre un dictateur allemand, qui s'appelait Hitler, la bataille cyclique de Waterloo. Vers 1946, Buenos Aires a engendré un nouveau Rosas [1], un dictateur assez semblable à notre parent. En 1955, la province de Cordoba nous a sauvés, comme l'avait fait autrefois la province d'Entre-Rios. Aujourd'hui les choses vont mal. La Russie est en train de s'emparer de la planète ; l'Amérique, entravée par la superstition de la démocratie, ne se résout pas à être un empire. De jour en jour notre pays devient plus provincial. Plus provincial et plus suffisant, comme s'il refusait de voir. Je ne serais pas surpris que l'enseignement du latin soit remplacé par celui du guarani.

apprendre plus tard qu'il était apparenté au tyran, lequel était le petit-neveu de sa trisaïeule maternelle, Doña Maria Leonor Merlo y Rubio, mère du colonel Suarez.

Noté que apenas me prestaba atención. El miedo elemental de lo imposible y sin embargo cierto lo amilanaba. Yo, que no he sido padre, sentí por ese pobre muchacho, más íntimo que un hijo de mi carne, una oleada de amor. Vi que apretaba entre las manos un libro. Le pregunté qué era.

—*Los poseídos* o, según creo, *Los demonios* de Fyodor Dostoievski —me replicó no sin vanidad.

—Se me ha desdibujado. ¿Qué tal es?

No bien lo dije, sentí que la pregunta era una blasfemia.

—El maestro ruso —dictaminó— ha penetrado más que nadie en los laberintos del alma eslava.

Esa tentativa retórica me pareció una prueba de que se había serenado.

Le pregunté qué otros volúmenes del maestro había recorrido.

Enumeró dos o tres, entre ellos *El doble*.

Le pregunté si al leerlos distinguía bien los personajes, como en el caso de Joseph Conrad, y si pensaba proseguir el examen de la obra completa.

—La verdad es que no —me respondió con cierta sorpresa.

Le pregunté qué estaba escribiendo y me dijo que preparaba un libro de versos que se titularía *Los himnos rojos*. También había pensado en *Los ritmos rojos*.

Je remarquai qu'il ne me prêtait guère attention. La peur élémentaire de l'impossible qui apparaît pourtant comme certain l'effrayait. Moi qui n'ai pas été père, j'éprouvai pour ce pauvre garçon, qui m'était plus intime que s'il eût été chair de ma chair, un élan d'amour. Je vis qu'il serrait un livre entre ses mains. Je lui demandai ce que c'était.

— *Les Possédés* ou, à mon sens, *les Démons* de Fedor Dostoïevski, me répliqua-t-il non sans vanité.

— Je l'ai pratiquement oublié. Comment est-ce ?

Dès que j'eus parlé, je compris que ma question était un blasphème.

— Le maître russe, trancha-t-il, a pénétré plus avant que quiconque dans les labyrinthes de l'âme slave.

Cette tentative de rhétorique me fit penser qu'il s'était rasséréné.

Je lui demandai quels autres livres de ce maître il avait parcourus.

Il énuméra deux ou trois titres, dont *Le Double*.

Je lui demandai si, en les lisant, il distinguait bien les personnages, comme chez Joseph Conrad, et s'il comptait poursuivre l'examen de l'œuvre complète.

— A vrai dire non, me répondit-il un peu surpris.

Je lui demandai ce qu'il était en train d'écrire et il me dit qu'il préparait un recueil de vers qui s'intitulerait *Hymnes rouges*. Il avait également songé à l'appeler *Rythmes rouges*.

—¿Por qué no? —le dije—. Podés alegar buenos antecedentes. El verso azul de Rubén Darío y la canción gris de Verlaine.

Sin hacerme caso, me aclaró que su libro cantaría la fraternidad de todos los hombres. El poeta de nuestro tiempo no puede dar la espalda a su época.

Me quedé pensando y le pregunté si verdaderamente se sentía hermano de todos. Por ejemplo, de todos los empresarios de pompas fúnebres, de todos los carteros, de todos los buzos, de todos los que viven en la acera de los números pares, de todos los afónicos, etcétera. Me dijo que su libro se refería a la gran masa de los oprimidos y parias.

—Tu masa de oprimidos y de parias — le contesté— no es más que una abstracción. Sólo los individuos existen, si es que existe alguien. *El hombre de ayer no es el hombre de hoy* sentenció algún griego. Nosotros dos, en este banco de Ginebra o de Cambridge, somos tal vez la prueba.

Salvo en las severas páginas de la Historia, los hechos memorables prescinden de frases memorables. Un hombre a punto de morir quiere acordarse de un grabado entrevisto en la infancia; los soldados que están por entrar en la batalla hablan del barro o del sargento. Nuestra situación era única y, francamente, no estábamos preparados. Hablamos, fatalmente, de letras; temo no haber dicho otras cosas que las que suelo decir a los periodistas. Mi *alter ego* creía en la invención o descubrimiento de metáforas nuevas;

— Pourquoi pas ? lui dis-je. Tu peux alléguer de bons antécédents. Le vers d'azur de Ruben Dario [1] et la chanson grise de Verlaine.

Sans m'écouter, il m'expliqua que son livre chanterait la fraternité de tous les hommes. Le poète de notre temps ne saurait tourner le dos à son époque.

Je demeurai pensif et lui demandai s'il se sentait véritablement frère de tous. Par exemple de tous les croque-morts, de tous les facteurs, de tous les scaphandriers, de tous ceux qui habitent à des numéros pairs, de tous les gens aphones, etc. Il me dit que son livre se référait à la grande masse des opprimés et des parias.

— Ta masse d'opprimés et de parias n'est, lui répondis-je, qu'une abstraction. Seuls les individus existent, si tant est que quelqu'un existe. *L'homme d'hier n'est pas l'homme d'aujourd'hui*, a proclamé un certain Grec. Nous deux, sur ce banc de Genève ou de Cambridge, en sommes peut-être la preuve.

Sauf dans les pages sévères de l'Histoire, les faits mémorables se passent de phrases mémorables. Un homme sur le point de mourir cherche à se rappeler une gravure entrevue dans son enfance ; les soldats qui vont monter à l'assaut parlent de la boue ou du sergent. Notre situation était unique et, à vrai dire, nous n'y étions pas préparés. Nous avons, fatalement, parlé de littérature ; je crains de n'avoir rien dit d'autre que ce que je dis d'habitude aux journalistes. Mon *alter ego* croyait à l'invention ou à la découverte de métaphores nouvelles ;

---

1. Ruben Darío (1867-1916). Célèbre écrivain hispano-américain, rénovateur de la poésie. Il est l'auteur de *Azul* (1888), *Prosas profanas* (1896), *Cantos de vida y esperanza* (1905).

yo en las que corresponden a afinidades íntimas y notorias y que nuestra imaginación ya ha aceptado. La vejez de los hombres y el ocaso, los sueños y la vida, el correr del tiempo y del agua. Le expuse esta opinión, que expondría en un libro años después.

Casi no me escuchaba. De pronto dijo :

—Si usted ha sido yo, ¿cómo explicar que haya olvidado su encuentro con un señor de edad que en 1918 le dijo que él también era Borges ?

No había pensado en esa dificultad. Le respondí sin convicción :

—Tal vez el hecho fue tan extraño que traté de olvidarlo.

Aventuró una tímida pregunta :

—¿Cómo anda su memoria ?

Comprendí que para un muchacho que no había cumplido veinte años, un hombre de más de setenta era casi un muerto. Le contesté :

—Suele parecerse al olvido, pero todavía encuentra lo que le encargan. Estudio anglosajón y no soy el último de la clase.

Nuestra conversación ya había durado demasiado para ser la de un sueño.

Una brusca idea se me ocurrió.

—Yo te puedo probar inmediatamente —le dije— que no estás soñando conmigo. Oí bien este verso, que no has leído nunca, que yo recuerde.

Lentamente entoné la famosa línea :

L'hydre - univers tordant son corps écaillé d'astres.

moi, à celles qui correspondent à des affinités intimes et évidentes et que notre imagination a déjà acceptées. La vieillesse des hommes et le crépuscule, les rêves et la vie, le temps qui passe et l'eau. Je lui exposai mon opinion, qu'il exposerait dans un livre, des années plus tard.

Il m'écoutait à peine. Soudain, il dit :

— Si vous avez été moi, comment expliquer que vous ayez oublié votre rencontre avec un monsieur âgé qui, en 1918, vous a dit que lui aussi était Borges ?

Je n'avais pas pensé à cette difficulté. Je lui répondis sans conviction :

— Peut-être le fait a-t-il été si étrange que j'ai tenté de l'oublier.

Il risqua une timide question :

— Comment se porte votre mémoire ?

Je compris que pour un garçon qui n'avait pas encore vingt ans, un homme de plus de soixante-dix ans était quasiment un mort. Je lui répondis :

— La plupart du temps elle ressemble à l'oubli, mais elle retrouve encore ce qu'on lui demande. J'apprends l'anglo-saxon et je ne suis pas le dernier de la classe.

Notre conversation durait déjà depuis trop longtemps pour être un songe.

Il me vint brusquement une idée.

— Je peux te prouver immédiatement, lui dis-je, que tu n'es pas en train de rêver de moi. Ecoute bien ce vers que tu n'as jamais lu, que je sache.

Lentement, je déclamai le vers célèbre :

L'hydre-univers tordant son corps écaillé d'astres.

Sentí su casi temeroso estupor. Lo repitió en voz baja, saboreando cada resplandeciente palabra.

—Es verdad —balbuceó—. Yo no podré nunca escribir una línea como ésa.

Hugo nos había unido.

Antes, él había repetido con fervor, ahora lo recuerdo, aquella breve pieza en que Walt Whitman rememora una compartida noche ante el mar, en que fue realmente feliz.

—Si Whitman la ha cantado —observé— es porque la deseaba y no sucedió. El poema gana si adivinamos que es la manifestación de un anhelo, no la historia de un hecho.

Se quedó mirándome.

—Usted no lo conoce —exclamó—. Whitman es incapaz de mentir.

Medio siglo no pasa en vano. Bajo nuestra conversación de personas de miscelánea lectura y gustos diversos, comprendí que no podíamos entendernos. Eramos demasiado distintos y demasiado parecidos. No podíamos engañarnos, lo cual hace difícil el diálogo. Cada uno de los dos era el remedo caricaturesco del otro. La situación era harto anormal para durar mucho más tiempo. Aconsejar o discutir era inútil, porque su inevitable destino era ser el que soy.

De pronto recordé una fantasía de Coleridge. Alguien sueña que cruza el paraíso y le dan como prueba una flor. Al despertarse, ahí está la flor.

Se me ocurrió un artificio análogo.

—Oí —le dije—, ¿tenés algún dinero?

Je sentis sa stupeur presque craintive. Il le répéta à voix basse, en savourant chacun des mots resplendissants.

— C'est vrai, murmura-t-il. Je ne pourrai jamais, moi, écrire un tel vers.

Hugo nous avait réunis.

Auparavant, il avait répété avec ferveur, je m'en souviens maintenant, ce court poème où Walt Whitman se remémore une nuit partagée devant la mer et durant laquelle il avait été vraiment heureux.

— Si Whitman l'a chantée, observai-je, c'est parce qu'il la souhaitait et qu'elle n'eut pas lieu. Le poème est plus beau si nous devinons qu'il est l'expression d'un désir et non point le récit d'un fait.

Il me regarda un long moment.

— Vous le connaissez mal, s'écria-t-il. Whitman est incapable de mentir.

Un demi-siècle ne passe pas en vain. Au travers de cette conversation entre personnes de lectures mélangées et de goûts divers, je compris que nous ne pouvions pas nous comprendre. Nous étions trop différents et trop semblables. Nous ne pouvions nous prendre en défaut, ce qui rend le dialogue difficile. Chacun des deux était la copie caricaturale de l'autre. La situation était trop anormale pour durer beaucoup plus longtemps. Conseiller ou discuter était inutile, car son inévitable destin était d'être celui que je suis.

Je me rappelai soudain une histoire de Coleridge. Quelqu'un rêve qu'il traverse le paradis et on lui donne une fleur comme preuve de son passage. Au réveil, la fleur est là.

J'eus l'idée d'un artifice semblable.

— Écoute, lui dis-je, as-tu quelque argent sur toi?

—Sí —me replicó—. Tengo unos veinte francos. Esta noche lo convidé a Simón Jichlinski en el *Crocodile*.

—Dile a Simón que ejercerá la medicina en Carouge, y que hará mucho bien... ahora, me das una de tus monedas.

Sacó tres escudos de plata y unas piezas menores. Sin comprender me ofreció uno de los primeros.

Yo le tendí uno de esos imprudentes billetes americanos que tienen muy diverso valor y el mismo tamaño. Lo examinó con avidez.

—No puede ser —gritó—. Lleva la fecha de mil novecientos setenta y cuatro.

(Meses después alguien me dijo que los billetes de banco no llevan fecha.)

—Todo esto es un milagro —alcanzó a decir— y lo milagroso da miedo. Quienes fueron testigos de la resurrección de Lázaro habrán quedado horrorizados.

No hemos cambiado nada, pensé. Siempre las referencias librescas.

Hizo pedazos el billete y guardó la moneda.

Yo resolví tirarla al río. El arco del escudo de plata perdiéndose en el río de plata hubiera conferido a mi historia una imagen vívida, pero la suerte no lo quiso.

Respondí que lo sobrenatural, si ocurre dos veces, deja de ser aterrador.

— Oui, me répondit-il. J'ai une vingtaine de francs. Ce soir j'invite Simon Jichlinski[1] au *Crocodile*.

— Dis à Simon qu'il exercera la médecine à Carroudge, et qu'il fera beaucoup de bien... Maintenant, donne-moi une de tes pièces.

Il sortit trois pièces d'argent et quelque menue monnaie. Sans comprendre, il m'offrit l'une des grosses pièces.

Je lui remis en échange l'un de ces imprudents billets américains qui ont des valeurs très diverses mais toujours la même taille. Il l'examina avec avidité.

— Ce n'est pas possible, s'écria-t-il. Il est daté de 1964 !

(Quelques mois plus tard, on m'apprit que les billets de banque n'étaient jamais datés.)

— Tout ceci tient du miracle, parvint-il à dire, et les miracles font peur. Les gens qui furent témoins de la résurrection de Lazare ont dû en garder un souvenir horrifié.

Nous n'avons pas changé, pensai-je. Toujours les références livresques.

Il déchira le billet en petits morceaux et rempocha sa pièce.

J'avais eu l'intention de la jeter dans le fleuve. La trajectoire de la monnaie d'argent se perdant dans le fleuve d'argent eût illustré mon récit d'une image frappante, mais le sort en avait décidé autrement.

Je répondis que le surnaturel, s'il se produit deux fois, cesse d'être terrifiant.

1. Ami genevois de Borges dès son premier séjour durant la guerre de 1914-1918.

Le propuse que nos viéramos al día siguiente, en ese mismo banco que está en dos tiempos y en dos sitios.

Asintió en el acto y me dijo, sin mirar el reloj, que se le había hecho tarde. Los dos mentíamos y cada cual sabía que su interlocutor estaba mintiendo. Le dije que iban a venir a buscarme.

—¿A buscarlo? —me interrogó.

—Sí. Cuando alcances mi edad habrás perdido casi por completo la vista. Verás el color amarillo y sombras y luces. No te preocupes. La ceguera gradual no es una cosa trágica. Es como un lento atardecer de verano.

Nos despedimos sin habernos tocado. Al día siguiente no fui. El otro tampoco habrá ido.

He cavilado mucho sobre este encuentro, que no he contado a nadie. Creo haber descubierto la clave. El encuentro fue real, pero el otro conversó conmigo en un sueño y fue así que pudo olvidarme; yo conversé con él en la vigilia y todavía me atormenta el recuerdo.

El otro me soñó, pero no me soñó rigurosamente. Soñó, ahora lo entiendo, la imposible fecha en el dólar.

Je lui proposai de nous revoir le lendemain, sur ce même banc situé à la fois dans deux époques et dans deux endroits.

Il accepta d'emblée et me dit, sans regarder sa montre, qu'il était en retard. Nous mentions tous les deux et chacun de nous savait que son interlocuteur mentait. Je lui dis qu'on allait venir me chercher.

— Vous chercher?

— Oui. Quand tu auras mon âge, tu auras perdu presque complètement la vue. Tu ne verras que du jaune, des ombres et des lumières. Ne t'inquiète pas. La cécité progressive n'est pas une chose tragique. C'est comme un soir d'été qui tombe lentement.

Nous nous sommes quittés sans que nos corps se soient effleurés. Le lendemain je n'allai pas au rendez-vous. L'autre non plus, probablement.

J'ai beaucoup réfléchi à cette rencontre que je n'ai racontée à personne. Je crois en avoir trouvé la clef. La rencontre fut réelle, mais l'autre bavarda avec moi en rêve et c'est pourquoi il a pu m'oublier; moi, j'ai parlé avec lui en état de veille et son souvenir me tourmente encore.

L'autre rêva de moi, mais sans rigueur. Il rêva, je le comprends maintenant, l'impossible date sur le dollar.

Ulrica
Ulrica

Hann tekr sverthit Gram ok leggr i methal theira bert.

Völsunga Saga, 27

Mi relato será fiel a la realidad o, en todo caso, a mi recuerdo personal de la realidad, lo cual es lo mismo. Los hechos ocurrieron hace muy poco, pero sé que el hábito literario es asimismo el hábito de intercalar rasgos circunstanciales y de acentuar los énfasis. Quiero narrar mi encuentro con Ulrica (no supe su apellido y tal vez no lo sabré nunca) en la ciudad de York. La crónica abarcará una noche y una mañana.

Nada me costaría referir que la vi por primera vez junto a las Cinco Hermanas de York, esos vitrales puros de toda imagen que respetaron los inconoclastas de Cromwell, pero el hecho es que nos conocimos en la salita del *Northern Inn,* que está del otro lado de las murallas. Eramos pocos y ella estaba de espaldas. Alguien le ofreció una copa y rehusó.

Hann tekr sverthit Gram ok leggr i methal theira bert.

Völsunga Saga, 27.

Mon récit sera fidèle à la réalité ou, du moins, au souvenir que je garde de cette réalité, ce qui revient au même. Les faits sont très récents, mais je sais que la pratique littéraire veut qu'on intercale des détails circonstanciels et qu'on accentue l'emphase. Je veux relater ma rencontre avec Ulrica (je n'ai jamais su son nom de famille et peut-être ne le saurai-je jamais) dans la ville d'York. Le récit couvrira l'espace d'une nuit et d'un matin.

Je pourrais fort bien raconter que je la vis pour la première fois près des Cinq Sœurs d'York, ces verrières pures de toute image que les iconoclastes de Cromwell respectèrent, mais le fait est que nous nous rencontrâmes dans la petite salle du *Northern Inn,* qui est de l'autre côté des remparts. Il y avait peu de monde et elle me tournait le dos. Quelqu'un lui offrit un verre qu'elle refusa.

—Soy feminista —dijo—. No quiero remedar a los hombres. Me desagradan su tabaco y su alcohol.

La frase quería ser ingeniosa y adiviné que no era la primera vez que la pronunciaba. Supe después que no era característica de ella, pero lo que decimos no siempre se parece a nosotros.

Refirió que había llegado tarde al museo, pero que la dejaron entrar cuando supieron que era noruega.

Uno de los presentes comentó :

—No es la primera vez que los noruegos entran en York.

—Así es —dijo ella—. Inglaterra fue nuestra y la perdimos, si alguien puede tener algo o algo puede perderse.

Fue entonces cuando la miré. Una línea de William Blake habla de muchachas de suave plata o de furioso oro, pero en Ulrica estaban el oro y la suavidad. Era ligera y alta, de rasgos afilados y de ojos grises. Menos que su rostro me impresionó su aire de tranquilo misterio. Sonreía fácilmente y la sonrisa parecía alejarla. Vestía de negro, lo cual es raro en tierras del Norte, que tratan de alegrar con colores lo apagado del ámbito. Hablaba un inglés nítido y preciso y acentuaba levemente las erres. No soy observador; esas cosas las descubrí poco a poco.

Nos presentaron. Le dije que era profesor en la Universidad de los Andes en Bogotá. Aclaré que era colombiano.

Me preguntó de un modo pensativo :

— Je suis féministe, dit-elle. Je ne veux pas singer les hommes. Je n'aime ni leur tabac ni leur alcool.

La repartie se voulait spirituelle et je devinai que ce n'était pas la première fois qu'elle prononçait cette phrase. J'appris par la suite que cela ne lui ressemblait pas, mais ce que nous disons ne nous ressemble pas toujours.

Elle raconta qu'elle était arrivée en retard au Musée, mais qu'on l'avait laissée entrer en apprenant qu'elle était Norvégienne.

— Ce n'est pas la première fois que les Norvégiens entrent dans York, remarqua une des personnes présentes.

— C'est vrai, dit-elle. L'Angleterre nous appartenait et nous l'avons perdue, si tant est qu'on puisse posséder quelque chose ou que quelque chose puisse se perdre.

C'est alors que je la regardai. Un vers de William Blake parle de jeunes filles de doux argent ou d'or fougueux, mais Ulrica était à la fois l'or et la douceur. Elle était mince et élancée, avec des traits fins et des yeux gris. Son air de paisible mystère m'impressionna moins que les traits de son visage. Elle avait le sourire facile et ce sourire semblait la rendre plus lointaine. Elle était vêtue de noir, ce qui est rare dans les régions nordiques où l'on tente d'égayer par des couleurs l'aspect éteint du paysage. Elle parlait un anglais clair et précis et accentuait légèrement les *r*. Je ne suis pas observateur ; je découvris ces choses peu à peu.

On nous présenta. Je lui dis que j'étais professeur à l'Université des Andes, à Bogota. Je précisai que j'étais Colombien.

Elle me demanda d'un air pensif :

—¿Qué es ser colombiano?

—No sé —le respondí—. Es un acto de fe.

—Como ser noruega —asintió.

Nada más puedo recordar de lo que se dijo esa noche. Al día siguiente bajé temprano al comedor. Por los cristales vi que había nevado; los páramos se perdían en la mañana. No había nadie más. Ulrica me invitó a su mesa. Me dijo que le gustaba salir a caminar sola.

Recordé una broma de Schopenhauer y contesté:

—A mí también. Podemos salir juntos los dos.

Nos alejamos de la casa, sobre la nieve joven. No había un alma en los campos. Le propuse que fuéramos a Thorgate, que queda río abajo, a unas millas. Sé que ya estaba enamorado de Ulrica; no hubiera deseado a mi lado ninguna otra persona.

Oí de pronto el lejano aullido de un lobo. No he oído nunca aullar a un lobo, pero sé que era un lobo. Ulrica no se inmutó.

Al rato dijo como si pensara en voz alta:

—Las pocas y pobres espadas que vi ayer en York Minster me han conmovido más que las grandes naves del museo de Oslo.

Nuestros caminos se cruzaban. Ulrica, esa tarde, proseguiría el viaje hacia Londres; yo, hacia Edimburgo.

— Être Colombien, qu'est-ce que cela veut dire ?

— Je ne sais pas, lui répondis-je. C'est un acte de foi.

— Comme être Norvégienne, acquiesça-t-elle.

Je ne me rappelle rien de plus de ce qui fut dit ce soir-là. Le lendemain je descendis de bonne heure dans la salle à manger. En regardant par la fenêtre, je vis qu'il avait neigé ; la lande se perdait dans le petit matin. Il n'y avait personne d'autre. Ulrica m'invita à m'asseoir à sa table. Elle me dit qu'elle aimait se promener seule.

Je me souvins d'une plaisanterie de Schopenhauer et je lui répondis :

— Moi aussi. Nous pouvons donc sortir ensemble.

Nous nous éloignâmes de la maison, marchant sur la neige nouvelle. Il n'y avait âme qui vive dans la campagne. Je lui proposai de nous rendre à Thorgate, qui se trouve plus bas sur la rivière, à quelques lieues. Je sais que j'étais déjà amoureux d'Ulrica ; je n'aurais désiré personne d'autre à mes côtés.

J'entendis soudain le hurlement lointain d'un loup. Je n'avais jamais entendu hurler de loup mais je sus que c'en était un. Ulrica ne se troubla point.

Un moment après elle dit comme si elle pensait tout haut :

— Les quelques épées pauvres que j'ai vues hier à York Minster m'ont plus émue que les grands bateaux du musée d'Oslo.

Nos routes se croisaient. Cet après-midi, Ulrica continuerait son voyage vers Londres ; moi, j'irais vers Edimbourg.

—En Oxford Street —me dijo— repetiré los pasos de De Quincey, que buscaba a su Anna perdida entre las muchedumbres de Londres.

—De Quincey —respondí— dejó de buscarla. Yo, a lo largo del tiempo, sigo buscándola.

—Tal vez —dijo en voz baja— la has encontrado.

Comprendí que una cosa inesperada no me estaba prohibida y le besé la boca y los ojos. Me apartó con suave firmeza y luego declaró :

—Seré tuya en la posada de Thorgate. Te pido mientras tanto, que no me toques. Es mejor que así sea.

Para un hombre célibe entrado en años, el ofrecido amor es un don que ya no se espera. El milagro tiene derecho a imponer condiciones. Pensé en mis mocedades de Popayan y en una muchacha de Texas, clara y esbelta como Ulrica, que me había negado su amor.

No incurrí en el error de preguntarle si me quería. Comprendí que no era el primero y que no sería el último. Esa aventura, acaso la postera para mí, sería una de tantas para esa resplandeciente y resuelta discípula de Ibsen.

Tomados de la mano seguimos.

—Todo esto es como un sueño —dije— y yo nunca sueño.

—Como aquel rey —replicó Ulrica— que no soñó hasta que un hechicero lo hizo dormir en una pocilga.

— Dans Oxford Street, me dit-elle, je mettrai mes pas dans les pas de De Quincey, à la recherche d'Ann, perdue dans la foule de Londres.

— De Quincey, répondis-je, a cessé de la chercher. Moi, d'année en année, je la cherche encore.

— Il se peut, dit-elle à voix basse, que tu l'aies trouvée.

Je compris qu'une chose inespérée ne m'était pas interdite et je posai mes lèvres sur sa bouche et sur ses yeux. Elle m'écarta avec une douce fermeté, puis déclara :

— Je serai tienne dans l'auberge de Thorgate. Je te demande d'ici là de ne pas me toucher. Il vaut mieux qu'il en soit ainsi.

Pour un célibataire d'un certain âge, l'amour offert est un don auquel on ne s'attend plus. Le miracle a le droit d'imposer des conditions. Je pensai à mes exploits de jeunesse à Popayan et à une jeune fille du Texas, blonde et svelte comme Ulrica, qui m'avait refusé son amour.

Je ne commis pas l'erreur de lui demander si elle m'aimait. Je compris que je n'étais pas le premier et que je ne serais pas le dernier. Cette aventure, peut-être l'ultime pour moi, n'en serait qu'une parmi bien d'autres pour cette resplendissante et fière héritière d'Ibsen.

Nous reprîmes notre chemin la main dans la main.

— Tout ceci est comme un rêve, dis-je, et je ne rêve jamais.

— Comme ce roi, répondit Ulrica, qui ne put rêver que lorsqu'un magicien le fit s'endormir dans une porcherie.

Agregó después :

—Oye bien. Un pájaro está por cantar.

Al poco rato oímos el canto.

—En estas tierras —dije—, piensan que quien está por morir prevé lo futuro.

—Y yo estoy por morir —dijo ella.

La miré atónito.

—Cortemos por el bosque —la urgí—. Arribaremos más pronto a Thorgate.

—El bosque es peligroso —replicó.

Seguimos por los páramos.

—Yo querría que este momento durara siempre —murmuré.

—Siempre es una palabra que no está permitida a los hombres —afirmó Ulrica y, para aminorar el énfasis, me pidió que le repitiera mi nombre, que no había oído bien.

—Javier Otárola —le dije.

Quiso repetirlo y no pudo. Yo fracasé, parejamente, con el nombre de Ulrikke.

—Te llamaré Sigurd —declaró con una sonrisa.

—Si soy Sigurd —le repliqué—, tú serás Brynhild.

Había demorado el paso.

—¿ Conoces la saga ? —le pregunté.

—Por supuesto —me dijo—. La trágica historia que los alemanes echaron a perder con sus tardíos Nibelungos.

No quise discutir y le respondí :

—Brynhild, caminas como si quisieras que entre los dos hubiera una espada en el lecho.

Puis elle ajouta :

— Écoute bien : un oiseau va chanter.

Peu de temps après, nous entendîmes son chant.

— Dans ce pays, dis-je, on prétend que lorsqu'une personne va mourir elle prévoit l'avenir.

— Et moi je vais mourir, annonça-t-elle.

Je la regardai, stupéfait.

— Coupons par le bois, insistai-je. Nous arriverons plus vite à Thorgate.

— Le bois est dangereux, répliqua-t-elle.

Nous continuâmes à travers la lande.

— Je voudrais que ce moment dure toujours, murmurai-je.

— *Toujours* est un mot interdit aux humains, affirma Ulrica et, pour atténuer l'emphase, elle me demanda de lui répéter mon nom, qu'elle n'avait pas bien entendu.

— Javier Otarola, lui dis-je.

Elle voulut le répéter mais elle n'y parvint pas. J'achoppai à mon tour sur le nom d'Ulrikke.

— Je t'appellerai Sigurd, déclara-t-elle en souriant.

— Si je suis Sigurd, répliquai-je, tu seras Brynhild.

Elle avait ralenti le pas.

— Tu connais la saga ? lui demandai-je.

— Bien sûr, me dit-elle. La tragique histoire que les Allemands ont galvaudée dans leurs tardifs Nibelungen.

Je ne voulus pas discuter et j'enchaînai :

— Brynhild, tu marches comme si tu voulais qu'entre nous deux il y ait une épée dans le lit.

Estábamos de golpe ante la posada. No me sorprendió que se llamara, como la otra, el *Northern Inn*.

Desde lo alto de la escalinata, Ulrica me gritó :

—¿ Oíste al lobo ? Ya no quedan lobos en Inglaterra. Apresúrate.

Al subir al piso alto, noté que las paredes estaban empapeladas a la manera de William Morris, de un rojo muy profundo, con entrelazados frutos y pájaros. Ulrica entró primero. El aposento oscuro era bajo, con un techo a dos aguas. El esperado lecho se duplicaba en un vago cristal y la bruñida caoba me recordó el espejo de la Escritura. Ulrica ya se había desvestido. Me llamó por mi verdadero nombre, Javier. Sentí que la nieve arreciaba. Ya no quedaban muebles ni espejos. No había una espada entre los dos. Como la arena se iba el tiempo. Secular en la sombra fluyó el amor y poseí por primera y última vez la imagen de Ulrica.

Nous étions soudain devant l'auberge. Je ne fus pas
surpris qu'elle s'appelât, comme l'autre, la *Northern
Inn.*

Du haut du perron, Ulrica me cria :

— Tu as entendu le loup ? Il n'y a plus de loups en
Angleterre. Viens vite.

En montant à l'étage, je remarquai que les murs
étaient tapissés à la manière de William Morris d'un
papier d'un rouge très profond, avec des entrelacs de
fruits et d'oiseaux. Ulrica entra la première. La
chambre mal éclairée avait un plafond bas à deux
pentes. Le lit attendu se reflétait dans un vague cristal
et l'acajou luisant me rappela le miroir de l'Écriture.
Ulrica était maintenant dévêtue. Elle m'appela par
mon véritable nom, Javier. Je sentis que la neige
tombait plus dru. Il n'y avait plus ni meubles ni
miroirs. Il n'y avait pas d'épée entre nous deux. Le
temps s'écoulait comme du sable. Séculaire, dans
l'ombre, l'amour déferla et je possédai pour la première et pour la dernière fois l'image d'Ulrica.

El Congreso
Le Congrès

*Ils s'acheminèrent vers un château immense,
au frontispice duquel on lisait : « Je n'appartiens
à personne et j'appartiens à tout le monde. Vous y
étiez avant que d'y entrer, et vous y serez encore
quand vous en sortirez. »*

Diderot :
Jacques le Fataliste et son Maître (1769).

Mi nombre es Alejandro Ferri. Ecos marciales hay
en él, pero ni los metales de la gloria ni la gran sombra
del macedonio —la frase es del autor de *Los mármoles*,
cuya amistad me honró— se parecen al modesto
hombre gris que hilvana estas líneas, en el piso alto de
un hotel de la calle Santiago del Estero, en un Sur que
ya no es el Sur. En cualquier momento habré cumplido
setenta y tantos años; sigo dictando clases de inglés a
pocos alumnos. Por indecisión o por negligencia o por
otras razones, no me casé, y ahora estoy solo. No me
duele la soledad; bastante esfuerzo es tolerarse a uno
mismo y a sus manías.

Ils s'acheminèrent vers un château immense, au frontispice duquel on lisait : « Je n'appartiens à personne et j'appartiens à tout le monde. Vous y étiez avant que d'y entrer, et vous y serez encore quand vous en sortirez. »

Diderot :
Jacques le Fataliste et son Maître (1769).

Je m'appelle Alejandro Ferri. Mon nom a une résonance guerrière, mais ni le métal de la gloire ni la grande ombre du Macédonien — la phrase est de l'auteur de *Marbres,* qui m'honora de son amitié — ne correspondent à l'homme modeste et grisonnant qui assemble ces lignes, au dernier étage d'un hôtel de la rue Santiago del Estero, dans un Sud qui n'est déjà plus le Sud. J'ai depuis longtemps mes soixante-dix ans bien sonnés ; je continue à donner des cours d'anglais à quelques élèves. Par indécision, par négligence ou pour d'autres raisons, je ne me suis pas marié, et maintenant je vis seul. Je ne souffre pas de la solitude ; il est déjà suffisamment difficile de se supporter soi-même et ses manies.

Noto que estoy envejeciendo; un síntoma inequívoco es el hecho de que no me interesan o sorprenden las novedades, acaso porque advierto que nada esencialmente nuevo hay en ellas y que no pasan de ser tímidas variaciones. Cuando era joven, me atraían los atardeceres, los arrabales y la desdicha; ahora, las mañanas del centro y la serenidad. Ya no juego a ser Hamlet. Me he afiliado al partido conservador y a un club de ajedrez, que suelo frecuentar como espectador, a veces distraído. El curioso puede exhumar, en algún oscuro anaquel de la Biblioteca Nacional de la calle México, un ejemplar de mi *Breve examen del idioma analítico de John Wilkins*, obra que exigiría otra edición, siquiera para corregir o atenuar sus muchos errores. El nuevo director de la Biblioteca, me dicen, es un literato que se ha consagrado al estudio de las lenguas antiguas, como si las actuales no fueran suficientemente rudimentarias, y a la exaltación demagógica de un imaginario Buenos Aires de cuchilleros. Nunca he querido conocerlo. Yo arribé a esta ciudad en 1899 y una sola vez el azar me enfrentó con un cuchillero o con un sujeto que tenía fama de tal. Más adelante, si se presenta la ocasión, contaré el episodio.

Je constate que je vieillis ; un signe qui ne trompe pas est le fait que les nouveautés ne m'intéressent pas plus qu'elles ne me surprennent, peut-être parce que je me rends compte qu'il n'y a rien d'essentiellement nouveau en elles et qu'elles ne sont tout au plus que de timides variantes. Quand j'étais jeune, j'avais de l'attirance pour les crépuscules, pour les faubourgs et le malheur ; aujourd'hui, j'aime les matinées en plein cœur de la ville et la sérénité. Je ne joue plus les Hamlet. Je me suis inscrit au parti conservateur et à un club d'échecs, que je fréquente en spectateur, parfois distrait. Un lecteur curieux pourra exhumer de quelque obscur rayon de la Bibliothèque nationale, rue Mexico, un exemplaire de ma *Brève étude du langage analytique de John Wilkins* [1], œuvre qui mériterait une nouvelle édition, ne serait-ce que pour corriger ou atténuer les multiples erreurs qu'elle contient. Le nouveau directeur de la Bibliothèque est, me dit-on, un homme de lettres qui s'est consacré à l'étude des langues anciennes, comme si les modernes n'étaient pas suffisamment rudimentaires, et à l'exaltation démagogique d'un imaginaire Buenos Aires de truands. Je n'ai jamais cherché à le connaître. Moi qui habite dans cette ville depuis 1899, le hasard ne m'a mis qu'une seule fois en présence d'un truand, du moins de quelqu'un qui avait la réputation d'en être un. Plus tard, si l'occasion s'en présente, je raconterai cet épisode.

1. Cet essai, rédigé par J. L. Borges en 1942, figure dans *Autres inquisitions,* ouvrage publié en 1952.

Ya dije que estoy solo; días pasados, un vecino de pieza, que me había oído hablar de Fermín Eguren, me dijo que éste había fallecido en Punta del Este.

La muerte de aquel hombre, que ciertamente no fue nunca mi amigo, se ha obstinado en entristecerme. Sé que estoy solo; soy en la tierra el único guardián de aquel acontecimiento, el Congreso, cuya memoria no podré compartir. Soy ahora el último congresal. Es verdad que todos los hombres lo son, que no hay un ser en el planeta que no lo sea, pero yo lo soy de otro modo. Sé que lo soy; eso me hace diverso de mis innumerables colegas, actuales y futuros. Es verdad que el día 7 de febrero de 1904 juramos por lo más sagrado no revelar —¿ habrá en la tierra algo sagrado o algo que no lo sea ?— la historia del Congreso, pero no menos cierto es que el hecho de que yo ahora sea un perjuro es también parte del Congreso. Esta declaración es oscura, pero puede encender la curiosidad de mis eventuales lectores.

De cualquier modo, la tarea que me he impuesto no es fácil. No he acometido nunca, ni siquiera en su especie epistolar, el género narrativo y, lo que sin duda es harto más grave, la historia que registraré es increíble. La pluma de José Fernández Irala, el inmerecidamente olvidado poeta de *Los mármoles*, era la predestinada a esta empresa, pero ya es tarde. No falsearé deliberadamente los hechos, pero presiento que la haraganería y la torpeza me obligarán, más de una vez, al error.

Je vis donc seul, comme je l'ai dit ; il y a quelques jours, un voisin de palier qui m'avait entendu parler de Fermin Eguren, m'a appris que ce dernier était mort à Punta del Este.

La mort de cet homme, qui ne fut jamais vraiment mon ami, m'a tristement obsédé. Je sais que je suis seul ; je suis sur terre l'unique personne à garder le souvenir de cet événement que fut le Congrès, sans pouvoir l'évoquer avec quiconque. Je suis désormais l'ultime congressiste. Il est vrai que tous les hommes sont des congressistes, qu'il n'y a pas un être sur la planète qui ne le soit, mais je le suis, moi, d'une façon différente. Je sais que je le suis ; cela me distingue de mes innombrables collègues, actuels et futurs. Il est vrai que le 7 février 1904 nous avons juré sur ce que nous avions de plus sacré — y a-t-il sur terre quelque chose de sacré ou quelque chose qui ne le soit pas ? — de ne pas révéler l'histoire du Congrès, mais il n'en est pas moins vrai que le fait que je sois maintenant un parjure est partie intégrante du Congrès. Ce que je dis là est obscur, mais peut éveiller la curiosité de mes éventuels lecteurs.

De toute façon, la tâche que j'entreprends n'est pas facile. Je ne me suis jamais attaqué, pas même sous sa forme épistolaire, au genre narratif et, chose beaucoup plus grave encore, l'histoire que je vais rapporter est impossible à croire. C'est à la plume de José Fernandez Irala, le poète injustement oublié de *Marbres*, que revenait cette mission, mais il n'en est plus temps aujourd'hui. Je ne falsifierai pas délibérément les faits, mais je crains que ma fainéantise et une certaine maladresse ne m'obligent, plus d'une fois, à commettre des erreurs.

Las precisas fechas no importan. Recordemos que vine de Santa Fe, mi provincia natal, en 1899. No he vuelto nunca, me he acostumbrado a Buenos Aires, ciudad que no me atrae, como quien se acostumbra a su cuerpo o a una vieja dolencia. Preveo, sin mayor interés, que pronto he de morir; debo, por consiguiente, sujetar mi hábito digresivo y adelantar un poco la narración.

No modifican nuestra esencia los años, si es que alguna tenemos; el impulso que me llevaría, una noche, al Congreso del Mundo fue el que me trajo, inicialmente, a la redacción de *Ultima Hora*. Para un pobre muchacho provinciano, ser periodista puede ser un destino romántico, así como un pobre muchacho de la capital puede imaginar que es romántico el destino de un gaucho o de un peón de chacra. No me abochorna haber querido ser periodista, rutina que ahora me parece trivial. Recuerdo haberle oído decir a Fernández Irala, mi colega, que el periodista escribe para el olvido y que su anhelo era escribir para la memoria y el tiempo. Ya había cincelado (el verbo era de uso común) alguno de los sonetos perfectos que aparecerían después, con uno que otro leve retoque, en las páginas de *Los mármoles*.

No puedo precisar la primera vez que oí hablar del Congreso.

Peu importent les dates précises. Rappelons que je débarquai de Santa Fe, ma province natale, en 1899. Je n'y suis jamais retourné ; je me suis habitué à Buenos Aires, une ville qui ne m'attire pas, comme on s'habitue à son corps ou à une vieille infirmité. Je prévois, sans y attacher grande importance, que je mourrai bientôt ; je dois, par conséquent, refréner ma manie de la digression et presser un peu mon récit.

Les années ne modifient pas notre essence, si tant est que nous en ayons une ; l'élan qui devait me conduire un soir au Congrès du Monde fut le même qui m'avait d'abord amené à entrer à la rédaction de *Ultima Hora*. Pour un pauvre jeune homme de province, devenir journaliste peut être un destin romantique, tout comme un pauvre jeune homme de la capitale peut trouver romantique le destin d'un gaucho ou d'un péon de ferme. Je ne rougis pas d'avoir voulu être journaliste, métier qui aujourd'hui me paraît trivial. Je me souviens d'avoir entendu dire à Fernandez Irala, mon collègue, que ce que le journaliste écrit est voué à l'oubli alors que son désir était de laisser trace dans les mémoires et dans le temps. Il avait déjà ciselé (l'expression était couramment employée) certains des sonnets parfaits qui devaient figurer par la suite, avec quelques légères retouches, dans son recueil *Marbres*.

Je ne puis dire à quel moment précis j'entendis parler pour la première fois du Congrès.

Quizá fue aquella tarde en que el contador me pagó mi sueldo mensual y yo, para celebrar esa prueba de que Buenos Aires me había aceptado, propuse a Irala que comiéramos juntos. Este se disculpó, alegando que no podía faltar al Congreso. Inmediatamente entendí que no se refería al vanidoso edificio con una cúpula, que está en el fondo de una avenida poblada de españoles, sino a algo más secreto y más importante. La gente hablaba del Congreso, algunos con abierta sorna, otros bajando la voz, otros con alarma o curiosidad; todos, creo, con ignorancia. Al cabo de unos sábados, Irala me convidó a acompañarlo. Ya había cumplido, me contió, con los trámites necesarios.

Serían las nueve o diez de la noche. En el tranvía me dijo que las reuniones preliminares tenían lugar los sábados y que don Alejandro Glencoe, tal vez movido por mi nombre, ya había dado su firma. Entramos en la Confitería del Gas. Los congresales, que serían quince o veinte, rodeaban una mesa larga; no sé si había un estrado o si la memoria lo agrega. Reconocí en el acto al presidente, que no había visto nunca. Don Alejandro era un señor de aire digno, ya entrado en años, con la frente despejada, los ojos grises y una canosa barba rojiza. Siempre lo vi de levita oscura; solía apoyar en el bastón las manos cruzadas. Era robusto y alto.

Ce fut peut-être le soir de ce jour où le caissier me régla mon premier salaire mensuel et où, pour fêter cet événement qui prouvait que Buenos Aires m'avait accepté, j'invitai Irala à dîner avec moi. Il déclina mon offre, me disant qu'il devait absolument se rendre au Congrès. Je compris tout de suite qu'il ne faisait pas allusion au prétentieux édifice à coupole qui se trouve au bout d'une avenue habitée par des Espagnols, mais bien à quelque chose de plus secret et de plus important. Les gens parlaient du Congrès, certains en s'en moquant ouvertement, d'autres en baissant la voix, d'autres encore avec appréhension ou curiosité; tous, je crois bien, ignoraient de quoi il s'agissait. Un certain samedi, Irala m'invita à l'accompagner. Il avait fait, me confia-t-il, toutes les démarches nécessaires.

Il devait être neuf ou dix heures du soir. Dans le tramway, Irala me dit que les réunions préliminaires avaient lieu tous les samedis et que don Alejandro Glencoe, peut-être à cause de mon nom, avait déjà donné son accord. Nous entrâmes dans le Salon de Thé du Gaz. Les congressistes, au nombre de quinze ou vingt, étaient assis autour d'une longue table; je ne sais s'il y avait une estrade ou si ma mémoire ajoute ce détail. D'emblée je reconnus le président, que je n'avais jamais vu auparavant. Don Alejandro était un monsieur déjà fort âgé, à l'air digne, au front dégarni, aux yeux gris et à la barbe poivre et sel, tirant sur le roux. Je l'ai toujours vu vêtu d'une redingote sombre; il appuyait habituellement ses mains croisées, sur sa canne. Il était grand et de forte corpulence.

A su izquierda había un hombre mucho más joven, también de pelo rojo; su violento color sugería el fuego y el de la barba del señor Glencoe, las hojas del otoño. A la derecha había un muchacho de cara larga y de frente singularmente baja, trajeado como un dandy. Todos habían pedido café y uno que otro, ajenjo. Lo que primero despertó mi atención fue la presencia de una mujer, sola entre tantos hombres. En la otra punta de la mesa había un niño de diez años, vestido de marinero, que no tardó en quedarse dormido. Había también un pastor protestante, dos inequívocos judíos y un negro con pañuelo de seda y la ropa muy ajustada, a la manera de los compadritos de la esquina. Ante el negro y el niño había dos tazas de chocolate. No recuerdo a los otros, salvo a un señor Marcelo del Mazo, hombre de suma cortesía y de fino diálogo, que no volví a ver más. Conservo una borrosa y deficiente fotografía de una de las reuniones, que no publicaré, porque la indumentaria de la época, las melenas y los bigotes, le darían un aire burlesco y hasta menesteroso, que falsearía la escena. Todas las agrupaciones tienden a crear su dialecto y sus ritos;

A sa gauche siégeait un homme beaucoup plus jeune, également roux; la couleur éclatante de sa chevelure faisait penser au feu et celle de la barbe de M. Glencoe aux feuilles d'automne. A sa droite, se tenait un jeune homme au visage allongé et au front singulièrement bas, vêtu comme un dandy. Ils avaient tous demandé du café et quelques-uns de l'absinthe. La première chose qui retint mon attention fut la présence d'une femme, seule parmi tant d'hommes. A l'autre bout de la table, il y avait un enfant de dix ans, en costume marin, qui ne tarda pas à s'endormir. Il y avait également un pasteur protestant, deux juifs sans équivoque aucune et un Noir qui portait un foulard de soie et des vêtements très ajustés, à la manière des mauvais garçons que l'on voit stationner au coin des rues. Devant le Noir et l'enfant étaient posées deux tasses de chocolat. Je ne me rappelle plus les autres personnages, en dehors d'un certain Marcelo del Mazo [1], homme très courtois et fin causeur, que je ne revis plus jamais. Je conserve une photographie floue et imparfaite prise au cours d'une des séances, mais je ne la publierai pas car les vêtements de l'époque, les cheveux longs et les moustaches, confèrent aux membres réunis là un air burlesque et même indigent qui donnerait une idée fausse de cette assemblée. Toutes les associations tendent à créer leur propre langage et leurs propres rites;

---

1. Camarade de classe du père de J. L. Borges. Ami intime du poète Evaristo Larriego à qui J. L. Borges consacra une biographie en 1930.

el Congreso, que siempre tuvo para mí algo de sueño, parecía querer que los congresales fueran descubriendo sin prisa el fin que buscaba y aun los nombres y apellidos de sus colegas. No tardé en comprender que mi obligación era no hacer preguntas y me abstuve de interrogar a Fernández Irala, que tampoco me dijo nada. No falté un solo sábado, pero pasaron uno o dos meses antes que yo entendiera. Desde la segunda reunión, mi vecino fue Donald Wren, un ingeniero del Ferrocarril Sud, que me daría lecciones de inglés.

Don Alejandro hablaba muy poco; los otros no se dirigían a él, pero sentí que hablaban para él y que buscaban su aprobación. Bastaba un ademán de la lenta mano para que el tema del debate cambiara. Fui descubriendo poco a poco que el rojizo hombre de la izquierda tenía el curioso nombre de Twirl. Recuerdo su aire frágil, que es atributo de ciertas personas muy altas, como si la estatura les diera vértigo y los hiciera abovedarse. Sus manos, lo recuerdo, solían jugar con una brújula de cobre, que a ratos dejaba en la mesa. A fines de 1914, murió como soldado de infantería en un regimiento irlandés. El que siempre ocupaba la derecha era el joven de frente baja, Fermín Eguren, sobrino del presidente.

Descreo de los métodos del realismo, género artificial si los hay; prefiero revelar de una buena vez lo que comprendí gradualmente.

le Congrès, qui a toujours pour moi tenu du rêve, semblait vouloir que ses participants découvrissent sans précipitation le but qu'il se proposait d'atteindre, et même les noms et prénoms de leurs collègues. Je ne tardai pas à me rendre compte que mon devoir était de ne pas poser de questions et je m'abstins donc d'interroger Fernandez Irala, lequel, de son côté, ne me disait jamais rien. Je ne manquai aucun samedi, mais un ou deux mois passèrent avant que j'eusse compris. A partir de la deuxième réunion, j'eus pour voisin Donald Wren, un ingénieur des Chemins de fer du Sud, qui devait par la suite me donner des leçons d'anglais.

Don Alejandro parlait très peu ; les autres ne s'adressaient pas à lui, mais je sentis qu'ils parlaient pour lui et qu'ils recherchaient son approbation. Il suffisait d'un geste lent de sa main pour que le thème du débat changeât. Je finis par découvrir que l'homme roux qui se trouvait à sa gauche portait le nom curieux de Twirl. Je me souviens de son aspect fragile, qui est l'attribut de certaines personnes très grandes qui se tiennent comme si leur taille leur donnait le vertige et les forçait à se courber. Ses mains, je m'en souviens, jouaient habituellement avec une boussole de cuivre, qu'il posait par moments sur la table. Soldat dans un régiment d'infanterie irlandais, il mourut à la fin de 1914. Celui qui siégeait toujours à droite était le jeune homme au front bas, Fermin Eguren, neveu du président.

Je ne crois pas aux méthodes du réalisme, genre artificiel s'il en est ; je préfère révéler d'un seul coup ce que je compris graduellement.

Antes, quiero recordar al lector mi situación de entonces : yo era un pobre muchacho de Casilda, hijo de chacareros, que había llegado a Buenos Aires y que de pronto se encontraba, así la sentí, en el íntimo centro de Buenos Aires y tal vez, quién sabe, del mundo. Medio siglo ha pasado y sigo sintiendo aquel deslumbramiento inicial, que ciertamente no fue el último.

He aquí los hechos ; los narraré con toda brevedad. Don Alejandro Glencoe, el presidente, era un estanciero oriental, dueño de un establecimiento de campo que lindaba con el Brasil. Su padre, oriundo de Aberdeen, se había fijado en este continente al promediar el siglo anterior. Trajo consigo unos cien libros, los únicos, me atrevo a afirmar, que don Alejandro leyó en el decurso de su vida. (Hablo de estos libros heterogéneos, que he tenido en las manos, porque en uno de ellos está la raíz de mi historia.) El primer Glencoe, al morir, dejó una hija y un hijo, que sería después nuestro presidente. La hija se casó con un Eguren y fue la madre de Fermín. Don Alejandro aspiró alguna vez a ser diputado, pero los jefes políticos le cerraron las puertas del Congreso del Uruguay. El hombre se enconó y resolvió fundar otro Congreso de más vastos alcances. Recordó haber leído en una de las volcánicas páginas de Carlyle el destino de aquel Anacharsis Cloots, devoto de la diosa Razón, que a la cabeza de treinta y seis extranjeros habló como « orador del género humano » ante una asamblea de París. Movido por su ejemplo, don Alejandro concibió el propósito de organizar un Congreso del Mundo que representaría a todos los hombres de todas las naciones.

Mais auparavant je rappellerai au lecteur ma situation d'alors : j'étais un pauvre jeune homme originaire de Casilda, fils de fermiers, qui était arrivé à Buenos Aires et qui se trouvait soudain, ainsi le sentis-je, au cœur même de la capitale et peut-être, sait-on jamais, au cœur du monde. Un demi-siècle a passé et je garde encore le souvenir de ce premier éblouissement qui, certes, ne fut pas le dernier.

Voici les faits ; je les rapporterai de la façon la plus brève. Don Alejandro Glencoe, le président, était un propriétaire foncier d'Uruguay, maître d'un domaine à la frontière du Brésil. Son père, originaire d'Aberdeen, s'était fixé sur notre continent au milieu du siècle dernier. Il avait amené avec lui une centaine de livres, les seuls, j'ose l'affirmer, que don Alejandro ait jamais lus. (Si je parle de ces livres hétérogènes, que j'ai eus entre mes mains, c'est que l'un d'entre eux est à l'origine de mon histoire.) Le premier Glencoe, à sa mort, laissa une fille et un fils qui allait devenir notre président. La fille se maria avec un Eguren et fut la mère de Fermin. Don Alejandro caressa un temps l'espoir d'être député, mais les chefs politiques lui fermèrent les portes du Congrès de l'Uruguay. Notre homme s'obstina et décida de fonder un autre Congrès de plus ample portée. Il se souvint d'avoir lu dans une des pages volcaniques de Carlyle le destin de cet Anacharsis Cloots, dévot de la déesse Raison, qui, à la tête de trente-six étrangers, fit un discours en tant que « porte-parole du genre humain » devant une assemblée à Paris. Encouragé par cet exemple, don Alejandro conçut le projet de créer un Congrès du Monde qui représenterait tous les hommes de toutes les nations.

El centro de las reuniones preliminares era la Confitería del Gas; el acto de apertura, para el cual se había previsto un plazo de cuatro años, tendría su sede en el establecimiento de don Alejandro. Este, que como tantos orientales, no era partidario de Artigas, quería a Buenos Aires, pero había resuelto que el Congreso se reuniera en su patria. Curiosamente, el plazo original se cumpliría con una precisión casi mágica.

Al principio cobrábamos nuestras dietas, que no eran deleznables, pero el fervor que a todos nos encendía hizo que Fernández Irala, que era tan pobre como yo, renunciara a la suya y lo mismo hicimos los otros. Esa medida fue benéfica, ya que sirvió para separar la mies del rastrojo; el número de congresales disminuyó y sólo quedamos los fieles. El único cargo rentado fue el de la Secretaria, Nora Erfjord, que carecía de otros medios de vida y cuya labor era abrumadora. Organizar una entidad que abarca el planeta no es una empresa baladí. Las cartas iban y venían y asimismo los telegramas. Llegaban adhesiones del Perú, de Dinamarca y del Indostán. Un boliviano señaló que su patria carecía de todo acceso al mar y que esa lamentable carencia debería ser el tema de uno de los primeros debates.

Twirl, cuya inteligencia era lúcida, observó que el Congreso presuponía un problema de índole filosófica.

1. José Gervasio Artigas, caudillo sud-américain né à Montevideo en 1764 et mort à Asunción du Paraguay en 1850. Il descendait d'une famille catalane établie en Amérique depuis les débuts de la

Les réunions préliminaires avaient pour centre le Salon de Thé du Gaz ; la séance d'ouverture, que l'on avait prévue dans un délai de quatre ans, aurait son siège dans la propriété de don Alejandro. Celui-ci, qui comme tant d'Uruguayens, n'était pas partisan d'Artigas[1] aimait Buenos Aires, mais il avait décidé que le Congrès se réunirait dans sa patrie. Curieusement, le délai prévu à l'origine allait être respecté avec une précision qui tenait du miracle.

Au début, nous touchions nos jetons de présence, qui n'étaient pas négligeables, mais le zèle qui nous enflammait fit que Fernandez Irala, qui était aussi pauvre que moi, renonça à toucher les siens et nous en fîmes tous autant. Cette mesure fut bénéfique car elle permit de séparer le bon grain de l'ivraie ; le nombre des congressistes diminua et il ne resta plus qu'un petit groupe de fidèles. Le seul poste rémunéré fut celui de la secrétaire, Nora Erfjord, qui n'avait pas d'autres moyens d'existence et dont le travail était écrasant. Créer une organisation qui englobât la planète n'était pas une mince entreprise. On se livrait à un échange intense de lettres, et même de télégrammes. Des adhésions arrivaient du Pérou, du Danemark et de l'Hindoustan. Un Bolivien signala que sa patrie manquait de tout accès à la mer et que cette regrettable carence devait faire l'objet d'un des premiers débats.

Twirl, qui était doué d'une brillante intelligence, fit observer que le Congrès posait avant toute chose un problème d'ordre philosophique.

conquête. Il est une des figures les plus contestées de son temps, mais on le considère comme le héros de l'indépendance de la République Orientale de l'Uruguay.

Planear una asamblea que representara a todos los hombres era como fijar el número exacto de los arquetipos platónicos, enigma que ha atareado durante siglos la perplejidad de los pensadores. Sugirió que, sin ir más lejos, don Alejandro Glencoe podía representar a los hacendados, pero también a los orientales y también a los grandes precursores y también a los hombres de barba roja y a los que están sentados en un sillón. Nora Erfjord era noruega. ¿ Representaría a las secretarias, a las noruegas o simplemente a todas las mujeres hermosas ? ¿ Bastaba un ingeniero para representar a todos los ingenieros, incluso los de Nueva Zelandia ?

Fue entonces, creo, que Fermín intervino.

—Ferri está en representación de los gringos —dijo con una carcajada.

Don Alejandro lo miró con severidad y dijo sin apuro :

—El señor Ferri está en representación de los emigrantes, cuya labor está levantando el país.

Nunca Fermín Eguren me pudo ver. Ejercía diversas soberbias : la de ser oriental, la de ser criollo, la de atraer a todas las mujeres, la de haber elegido un sastre costoso y, nunca sabré por qué, la de su estirpe vasca, gente que al margen de la historia no ha hecho otra cosa que ordeñar vacas.

Un incidente de lo más trivial selló nuestras enemistades. Después de una sesión, Eguren propuso que fuéramos a la calle Junín.

Jeter les bases d'une assemblée qui représentât tous les hommes revenait à vouloir déterminer le nombre exact des archétypes platoniciens, énigme qui, depuis des siècles, laisse perplexes les penseurs du monde entier. Il fit remarquer que, sans aller plus loin, don Alejandro Glencoe pouvait représenter non seulement les propriétaires mais encore les Uruguayens, et pourquoi pas les grands précurseurs, ou les hommes à barbe rousse, et tous ceux qui s'asseyent dans un fauteuil. Nora Erfjord était Norvégienne. Représenterait-elle les secrétaires, les Norvégiennes ou simplement toutes les jolies femmes ? Suffirait-il d'un ingénieur pour représenter tous les ingénieurs, y compris ceux de Nouvelle-Zélande ?

Ce fut alors, je crois, que Fermin intervint.

— Ferri représente ici les gringos, dit-il dans un éclat de rire.

Don Alejandro le regarda d'un air sévère et dit très calmement :

— Monsieur Ferri représente ici les émigrants, grâce au travail desquels ce pays est en train de se redresser.

Fermin Eguren n'a jamais pu me sentir. Il tirait vanité de choses très diverses : du fait d'être Uruguayen, d'être créole, d'attirer toutes les femmes, de s'habiller chez un tailleur hors de prix et, je ne saurai jamais pourquoi, d'être d'origine basque, alors que cette race en marge de l'histoire n'a jamais rien fait d'autre que de traire des vaches.

Un incident des plus futiles consacra notre inimitié. A l'issue d'une séance, Eguren nous proposa d'aller rue Junin.

El proyecto no me atraía, pero acepté, para no exponerme a sus burlas. Fuimos con Fernández Irala. Al salir de la casa, nos cruzamos con un hombre grandote. Eguren, que estaría un poco bebido, le dio un empujón. El otro nos cerró el camino y nos dijo :

—El que quiera salir va a tener que pasar por este cuchillo.

Recuerdo el brillo del acero en la oscuridad del zaguán. Eguren se echó atrás, aterrado. Yo no las tenía todas conmigo, pero mi odio pudo más que mi susto. Me llevé la mano a la sisa, como para sacar un arma, y dije con voz firme :

—Esto lo vamos a arreglar en la calle.

El desconocido me respondió, ya con otra voz :

—Así me gustan los hombres. Yo quería probarlos, amigo.

Ahora reía afablemente.

—Lo de amigo corre por cuenta suya —le repliqué y salimos.

El hombre del cuchillo entró en el prostíbulo. Me dijeron después que se llamaba Tapia o Paredes o algo por el estilo y que tenía fama de pendenciero. Ya en la vereda, Irala, que se había mantenido sereno, me palmeó y declaró con énfasis :

—Entre los tres había un mosquetero. ¡Salve, d'Artagnan !

Fermín Eguren nunca me perdonó haber sido testigo de su aflojada.

Ce projet ne me souriait pas, mais j'acceptai pour ne pas m'exposer à ses moqueries. Nous y fûmes avec Fernandez Irala. En quittant la maison, nous croisâmes un malabar. Eguren, qui avait un peu bu, le bouscula. L'autre nous barra le passage et nous dit :

— Celui qui voudra sortir devra passer par ce couteau.

Je revois l'éclat de la lame dans la pénombre du vestibule. Eguren se jeta en arrière, terrifié. Je n'étais pas très rassuré mais le dégoût l'emporta sur la peur. Je portai ma main à ma veste comme pour en sortir une arme en lui disant d'une voix ferme :

— Nous allons régler cette affaire dans la rue.

L'inconnu me répondit d'une voix complètement changée :

— C'est ainsi que j'aime les hommes. Je voulais simplement, mon ami, vous mettre à l'épreuve.

Il riait maintenant, très affable.

— Ami, c'est vous qui le dites, répliquai-je et nous sortîmes.

L'homme au couteau pénétra dans le lupanar. J'appris par la suite qu'il s'appelait Tapia ou Paredes, ou quelque chose dans ce goût-là, et qu'il avait une réputation de bagarreur. Une fois sur le trottoir, Irala, qui avait gardé son sang-froid, me tapa sur l'épaule et déclara, grandiloquent :

— Il y avait un mousquetaire parmi nous trois. Bravo, d'Artagnan !

Fermin Eguren ne me pardonna jamais d'avoir été le témoin de sa couardise.

Siento que ahora, y sólo ahora, empieza la historia. Las páginas ya escritas no han registrado más que las condiciones que el azar o el destino requería para que ocurriera el hecho increíble, acaso el único de toda mi vida. Don Alejandro Glencoe era siempre el centro de la trama, pero gradualmente sentimos, no sin algún asombro y alarma, que el verdadero presidente era Twirl. Este singular personaje de bigote fulgente adulaba a Glencoe y aun a Fermín Eguren, pero de un modo tan exagerado que podía pasar por una burla y no comprometía su dignidad. Glencoe tenía la soberbia de su vasta fortuna; Twirl adivinó que, para imponerle un proyecto, bastaba sugerir que su costo era demasiado oneroso. Al principio, el Congreso no había sido más, lo sospecho, que un vago nombre; Twirl proponía continuas ampliaciones, que don Alejandro siempre aceptaba. Era como estar en el centro de un círculo creciente, que se agranda sin fin, alejándose. Declaró, por ejemplo, que el Congreso no podía prescindir de una biblioteca de libros de consulta; Nierenstein, que trabajaba en una librería, fue consiguiéndonos los atlas de Justus Perthes y diversas y extensas enciclopedias, desde la *Historia naturalis* de Plinio y el *Speculum,* de Beauvais hasta los gratos laberintos (releo estas palabras con la voz de Fernández Irala) de los ilustres enciclopedistas franceses, de la *Britannica,* de Pierre Larousse, de Brockhaus, de Larsen y de Montaner y Simón.

Je me rends compte que c'est maintenant, et maintenant seulement, que commence mon histoire. Les
pages que je viens d'écrire n'auront servi qu'à préciser
les conditions requises par le hasard ou le destin pour
que se produise l'événement incroyable, le seul peut-
être de toute ma vie. Don Alejandro Glencoe était
toujours l'âme de l'affaire mais nous avions senti petit
à petit, non sans quelque étonnement ni quelque
alarme, que le véritable président était Twirl. Ce
singulier personnage à la moustache flamboyante
adulait Glencoe et même Fermin Eguren, mais d'une
façon si exagérée qu'on pouvait penser qu'il plaisantait
sans compromettre sa dignité. Glencoe était très fier de
son immense fortune ; Twirl devina que, pour lui faire
adopter un projet, il suffisait d'assurer que le coût en
serait trop onéreux. Au début, le Congrès n'avait été,
semble-t-il, qu'une vague appellation ; Twirl proposait
continuellement de lui donner plus d'importance, ce
que don Alejandro acceptait toujours. On était comme
au centre d'un cercle qui se développe, s'agrandissant
sans fin, à perte de vue. Twirl déclara, par exemple,
que le Congrès ne pouvait se passer d'une bibliothèque
rassemblant des ouvrages de consultation ; Nierenstein, qui travaillait dans une librairie, nous procura les
atlas de Justus Perthes, ainsi que diverses et volumi-
neuses encyclopédies, depuis l'*Histoire naturelle* de Pline
et le *Speculum* de Beauvais jusqu'aux plaisants labyrinthes (je relis ces mots avec la voix de Fernandez
Irala) des illustres encyclopédistes français, de la
Britannica, de Pierre Larousse, de Brockhaus, de Larsen et de Montaner et Simon.

Recuerdo haber acariciado con reverencia los sedosos volúmenes de cierta enciclopedia china, cuyos bien pincelados caracteres me parecieron más misteriosos que las manchas de la piel de un leopardo. No diré todavía el fin que tuvieron y que por cierto no lamento.

Don Alejandro nos había tomado cariño a Fernández Irala y a mí, tal vez porque éramos los únicos que no trataban de halagarlo. Nos convidó a pasar unos días en la estancia La Caledonia, donde ya estaban trabajando los peones albañiles.

Al cabo de una larga navegación, río arriba, y de una travesía en balsa, pisamos la otra banda, un amanecer. Después tuvimos que hacer noche en pulperías menesterosas y que abrir y cerrar muchas tranqueras en la Cuchilla Negra. Ibamos en una volanta; el campo me pareció más grande y más solo que el de la chacra en que nací.

Conservo aún mis dos imágenes de la estancia : la que yo había previsto y la que mis ojos vieron al fin. Absurdamente yo me había figurado, como en un sueño, una combinación imposible de la llanura santafesina y del Palacio de las Aguas Corrientes; La Caledonia era una casa larga, de adobe, con el techo de paja a dos aguas y con un corredor de ladrillo. Me pareció construida para el rigor y para el largo tiempo.

Je me rappelle avoir caressé avec respect les volumes soyeux d'une certaine encyclopédie chinoise dont les caractères finement dessinés au pinceau me parurent plus mystérieux que les taches de la peau mouchetée d'un léopard. Je ne dirai pas encore la fin qu'ils eurent et que je suis, certes, loin de déplorer.

Don Alejandro s'était pris d'amitié pour Irala et pour moi, peut-être parce que nous étions les seuls qui ne cherchions pas à le flatter. Il nous invita à passer quelques jours dans sa propriété de la Caledonia, où déjà les maçons étaient au travail.

Après une longue remontée du fleuve et une traversée sur une barge, nous abordâmes un beau matin sur l'autre rive. Il nous fallut ensuite loger de nuit dans des pulperias [1] misérables, ouvrir et fermer bien des portes de clôtures dans la Cuchilla Negra. Nous voyagions en calèche ; le paysage me parut plus vaste et plus solitaire que celui qui entourait la ferme où je suis né.

J'ai encore présentes à la mémoire les deux images du domaine : celle que j'avais imaginée et celle que mes yeux contemplèrent enfin. Absurdement, je m'étais figuré, comme en un rêve, un impossible mélange de la plaine de Santa Fe et d'un Palais des eaux et forêts ; la Caledonia était une longue bâtisse en pisé, avec un toit de chaume à deux pentes et une galerie carrelée. Elle me sembla construite pour affronter les pires intempéries et pour défier le temps.

---

1. *Pulpería* : magasin, épicerie et buvette de la campagne argentine où l'on vendait les *vicios* (maté, tabac, coca...).

Casi una vara de espesor tenían los toscos muros y las puertas eran angostas. A nadie se le había ocurrido plantar un árbol. El primer sol y el último la golpeaban. Los corrales eran de piedra; la hacienda era numerosa, flaca y guampuda; las colas arremolinadas de los caballos alcanzaban al suelo. Por primera vez conocí el sabor del animal recién carneado. Trajeron unas bolsas de galleta; el capataz me dijo, días después, que no había probado pan en su vida. Irala preguntó dónde estaba el baño; don Alejandro con un vasto ademán, le mostró el continente. La noche era de luna; salí a dar una vuelta y lo sorprendí, vigilado por un ñandú.

El calor, que no había mitigado la noche, era insoportable y todos ponderaban el fresco. Las piezas eran bajas y muchas y me parecieron desmanteladas; nos destinaron una que daba al sur, en la que había dos catres y una cómoda, con la palangana y la jarra que eran de plata. El piso era de tierra.

Al día siguiente di con la biblioteca y con los volúmenes de Carlyle y busqué las páginas consagradas al orador del género humano, Anacharsis Cloots, que me había conducido a aquella mañana y a aquella soledad. Después del desayuno, idéntico a la comida, don Alejandro nos mostró los trabajos. Hicimos una legua a caballo, entre los descampados.

Les murs grossiers avaient près d'un mètre d'épaisseur
et les portes étaient étroites. Personne n'avait songé à
planter un arbre. Le soleil de l'aube et celui du
couchant y dardaient leurs rayons. Les enclos étaient
empierrés ; le bétail nombreux, maigre et bien
encorné ; les queues tourbillonnantes des chevaux
touchaient le sol. Pour la première fois je connus la
saveur de la viande d'une bête fraîchement abattue.
On apporta des paquets de galettes ; le contremaître
me confia, quelques jours après, qu'il n'avait jamais
mangé un morceau de pain de sa vie. Irala demanda
où étaient les toilettes ; don Alejandro d'un geste large
lui désigna le continent. C'était une nuit de lune ; je
sortis faire un tour et je surpris mon ami à l'œuvre,
sous la surveillance d'un nandou [1].

La chaleur, qui n'avait pas cédé avec la nuit, était
insupportable et nous aspirions tous à un peu de
fraîcheur. Les chambres, basses de plafond, étaient
nombreuses et elles me parurent démeublées ; on nous
en attribua une qui donnait au sud, garnie de deux lits
de sangle et d'une commode sur laquelle se trouvaient
une cuvette et un broc en argent. Le sol était de terre
battue.

Le lendemain, je découvris la bibliothèque et les
volumes de Carlyle où je cherchai les pages consacrées
au porte-parole du genre humain, cet Anacharsis
Cloots, à qui je devais de me trouver là ce matin, dans
cette solitude. Après le petit déjeuner, identique au
dîner, don Alejandro nous conduisit voir les travaux.
Nous fîmes une lieue à cheval, en rase campagne.

---

1. Autruche d'Amérique.

Irala, cuya equitación era temerosa, sufrió un percance ; el capataz observó sin una sonrisa :

—El porteño sabe apearse muy bien.

Desde lejos vimos la obra. Una veintena de hombres había erigido una suerte de anfiteatro despedazado. Recuerdo unos andamios y unas gradas que dejaban entrever espacios de cielo.

Más de una vez traté de conversar con los gauchos, pero mi empeño fracasó. De algún modo sabían que eran distintos. Para entenderse entre ellos, usaban parcamente un gangoso español abrasilerado. Sin duda por sus venas corrían sangre india y sangre negra. Eran fuertes y bajos ; en La Caledonia yo era un hombre alto, cosa que no me había sucedido hasta entonces. Casi todos usaban chiripá y uno que otro, bombacha. Poco o nada tenían en común con los dolientes personajes de Hernández o de Rafael Obligado. Bajo el estímulo del alcohol de los sábados, eran fácilmente violentos. No había una mujer y jamás oi una guitarra.

Más que los hombres de esa frontera me interesó el cambio total que se había operado en don Alejandro.

1. *Chiripá :* mot d'origine quichua qui désigne une pièce rectangulaire de tissu que les hommes passaient entre les jambes et retenaient à la taille par une ceinture.
2. *Bombacha :* pantalon bouffant resserré à la cheville.

Irala, peu sûr de lui en selle, fit une chute; le contremaître observa sans un sourire :

— Le citadin met pied à terre avec beaucoup d'adresse.

Nous aperçûmes de loin la construction en cours. Une vingtaine d'hommes avaient élevé une sorte d'amphithéâtre discontinu. Je me souviens d'échafaudages et de gradins qui laissaient entrevoir des espaces de ciel.

J'essayai à plusieurs reprises d'entamer la conversation avec les gauchos, mais ma tentative échoua. Ils savaient d'une certaine manière qu'ils étaient différents. Pour se comprendre entre eux, ils employaient un espagnol laconique et nasillard aux accents brésiliens. Dans leurs veines coulaient sans doute du sang indien et du sang noir. Ils étaient robustes et de petite taille; à la Caledonia j'avais la sensation jamais éprouvée jusqu'alors d'être un homme grand. Presque tous portaient le *chiripá*[1] et certains des culottes bouffantes[2]. Ils ne ressemblaient que fort peu ou pas du tout aux personnages larmoyants de Hernandez[3] ou de Rafael Obligado[4]. Stimulés par l'alcool des samedis, ils devenaient facilement violents. Pas une seule femme parmi eux, et je n'entendis jamais de guitare.

Mais ce qui m'intéressa plus que les hommes de ce pays ce fut le changement quasi total qui s'était opéré chez don Alejandro.

3. José Hernández (1834-1886). Poète lyrique gauchesque, auteur de *Martin Fierro* (1872-1879), véritable épopée créole de la nation argentine.
4. Rafael Obligado (1851-1920). Poète argentin, auteur de *Tradiciones argentinas* (1903), *Tradiciones y recuerdos* (1908).

En Buenos Aires, era un señor afable y medido; en La Caledonia, el severo jefe de un clan, como sus mayores. Los domingos por la mañana les leía la Sagrada Escritura a los peones, que no entendían una sola palabra. Una noche, el capataz, un muchacho joven, que había heredado el cargo de su padre, nos avisó que un agregado y un peón se habían trabado a puñaladas. Don Alejandro se levantó sin mayor apuro. Llegó a la rueda, se quitó el arma que solía cargar, se la dio al capataz, que me pareció acobardado, y se abrió camino entre los aceros. Oí en seguida la orden:

—Suelten el cuchillo, muchachos.

Con la misma voz tranquila agregó:

—Ahora se dan la mano y se portan bien. No quiero barullos aquí.

Los dos obedecieron. Al otro día supe que don Alejandro lo había despedido al capataz.

Sentí que la soledad me cercaba. Temí no volver nunca a Buenos Aires. No sé si Fernández Irala compartió ese temor, pero hablábamos mucho de la Argentina y de lo que haríamos a la vuelta. Extrañaba los leones de un portón de la calle Jujuy, cerca de la plaza del Once, o la luz de cierto almacén de imprecisa topografía, no los lugares habituales. Siempre fui buen jinete; me habitué a salir a caballo y a recorrer largas distancias.

A Buenos Aires c'était un monsieur affable et mesuré ;
à la Caledonia, un austère chef de clan, comme ses
ancêtres. Le dimanche matin, il lisait l'Écriture Sainte
aux péons qui ne comprenaient pas un seul mot. Le
contremaître, un jeune homme qui avait hérité la
charge de son père, accourut un soir pour nous dire
qu'un saisonnier et un péon se disputaient à coups de
couteau. Don Alejandro se leva le plus tranquillement
du monde. Il arriva sur les lieux, se débarrassa de
l'arme qu'il portait habituellement sur lui et la remit
au contremaître, qui me parut trembler de peur, puis il
s'ouvrit un chemin entre les lames d'acier. Je l'entendis donner immédiatement cet ordre :

— Lâchez vos couteaux, les enfants.

De la même voix tranquille, il ajouta :

— Maintenant on se serre la main et on se tient
convenablement. Je ne veux pas d'histoires ici.

Tous deux obéirent. J'appris le lendemain que don
Alejandro avait congédié le contremaître.

Je me sentis encerclé par la solitude. J'eus peur de
ne jamais revoir Buenos Aires. Je ne sais si Fernandez
Irala partagea cette crainte, mais nous parlions beaucoup de l'Argentine et de ce que nous y ferions au
retour. Il rêvait avec nostalgie des lions sculptés d'un
portail de la rue Jujuy, près de la place de l'Once, ou
des lumières d'un certain *almacén*[1] qu'il situait mal,
plutôt que des endroits qu'il fréquentait d'ordinaire.
J'ai toujours été bon cavalier ; je pris l'habitude de
partir à cheval et de parcourir de longues distances.

1. Sorte d'épicerie où l'on vendait des comestibles, des boissons et
toutes sortes de marchandises. Situé à un carrefour, l'*almacén* était
facilement identifiable grâce à sa façade peinte en rose ou en bleu
ciel.

Todavía me acuerdo de aquel moro que yo solía ensillar y que ya habrá muerto. Acaso alguna tarde o alguna noche estuve en el Brasil, porque la frontera no era otra cosa que una línea trazada por mojones.

Había aprendido a no contar los días cuando, al cabo de un día como los otros, don Alejandro nos advirtió :

—Ahora nos vamos a acostar. Mañana salimos con la fresca.

Ya río abajo me sentí tan feliz que pude pensar con cariño en La Caledonia.

Reanudamos la reunión de los sábados. En la primera, Twirl pidió la palabra. Dijo, con las habituales flores retóricas, que la biblioteca del Congreso del Mundo no podía reducirse a libros de consulta y que las obras clásicas de todas las naciones y lenguas eran un verdadero testimonio que no podíamos ignorar sin peligro. La ponencia fue aprobada en el acto ; Fernández Irala y el doctor Cruz, que era profesor de latín, aceptaron la misión de elegir los textos necesarios. Twirl ya había hablado del asunto con Nierenstein.

En aquel tiempo no había un solo argentino cuya Utopía no fuera la ciudad de París. Quizá el más impaciente de nosotros era Fermín Eguren :

Je me souviens encore du cheval arabe que je montais le plus souvent et qui doit être mort maintenant. Peut-être m'est-il arrivé un après-midi ou un soir de pénétrer au Brésil, car la frontière n'était rien d'autre qu'une ligne tracée par des bornes.

J'avais appris à ne plus compter les jours quand, à la fin d'une journée comme les autres, don Alejandro nous prévint :

— C'est l'heure d'aller nous coucher. Nous partons demain à la fraîche.

En redescendant le fleuve, je me sentais si heureux que j'en arrivai à penser avec tendresse à la Caledonia.

Nous reprîmes nos réunions du samedi. Dès la première séance, Twirl demanda la parole. Il nous dit, dans son habituel langage fleuri, que la bibliothèque du Congrès du Monde ne pouvait s'en tenir à des ouvrages de consultation et que les œuvres classiques de tous les pays et de toutes les langues constituaient un véritable témoignage que nous ne pouvions négliger sans danger. Le rapport fut aussitôt approuvé ; Fernandez Irala et le professeur Cruz, qui enseignait le latin, acceptèrent la mission de dresser la liste des textes nécessaires. Twirl s'était déjà entretenu de ce projet avec Nierenstein.

A cette époque-là, il n'y avait pas un seul Argentin pour lequel Paris ne fût l'Utopie. Le plus impatient de nous tous était sans aucun doute Fermin Eguren ;

lo seguía Fernández Irala, por razones harto distintas. Para el poeta de *Los mármoles*, París era Verlaine y Leconte de Lisle; para Eguren, una continuación mejorada de la calle Junín. Se había entendido, lo sospecho, con Twirl. Este, en otra reunión, discutió el idioma que usarían los congresales y la conveniencia de que dos delegados fueran a Londres y a París a documentarse. Para fingir imparcialidad, propuso primero mi nombre y, tras una ligera vacilación, el de su amigo Eguren. Don Alejandro, como siempre, asintió.

Creo haber escrito que Wren, a cambio de unas clases de italiano, me había iniciado en el estudio del infinito idioma inglés. Prescindió, en lo posible, de la gramática y de las oraciones fabricadas para el aprendizaje y entramos directamente en la poesía, cuyas formas exigen la brevedad. Mi primer contacto con el lenguaje que poblaría mi vida fue el valeroso *Requiem* de Stevenson; después vinieron las baladas que Percy reveló al decoroso siglo dieciocho. Poco antes de partir para Londres conocí el deslumbramiento de Swinburne, que me llevó a dudar, como quien comete una culpa, de la eminencia de los alejandrinos de Irala.

Arribé a Londres a principios de enero del novecientos dos; recuerdo la caricia de la nieve, que yo nunca había visto y que agradecí. Felizmente, no me tocó viajar con Eguren.

venait ensuite Fernandez Irala, pour des raisons fort différentes. Pour le poète de *Marbres,* Paris c'était Verlaine et Leconte de Lisle ; pour Eguren, c'était un prolongement amélioré de la rue Junin. Je le soupçonne de s'être mis d'accord avec Twirl. Celui-ci, au cours d'une autre séance, entama une discussion à propos de la langue qu'utiliseraient les congressistes et évoqua la nécessité d'envoyer deux délégués, l'un à Londres et l'autre à Paris, afin de s'y documenter. Pour feindre l'impartialité, il proposa d'abord mon nom puis, après une brève hésitation, celui de son ami Eguren. Don Alejandro, comme toujours, acquiesça.

Je crois avoir déjà dit que Wren, en échange des leçons d'italien que je lui donnais, m'avait initié à l'étude de l'infinie langue anglaise. Il laissa de côté, dans la mesure du possible, la grammaire et les phrases fabriquées à l'intention des débutants et nous entrâmes de plain-pied dans la poésie, dont les formes exigent la concision. Mon premier contact avec la langue qui allait meubler ma vie fut le vaillant *Requiem* de Stevenson ; puis ce furent les ballades que Percy fit découvrir à l'honorable dix-huitième siècle. Peu avant de partir pour Londres j'eus l'éblouissante révélation de Swinburne, qui m'amena — ô sacrilège — à douter de l'excellence des alexandrins d'Irala.

J'arrivai à Londres au début de janvier 1902 ; je me rappelle la caresse de la neige, que je n'avais jamais vue et dont je goûtai le charme. Par bonheur j'avais pu éviter de voyager avec Eguren.

Me hospedé en una módica pensión a espaldas del
Museo Británico, a cuya biblioteca concurría de
mañana y de tarde, en busca de un idioma que fuera
digno del Congreso del Mundo. No descuidé las
lenguas universales; me asomé al esperanto —que el
Lunario sentimental califica de « equitativo, simple y
económico »— y al Volapük, que quiere explorar todas
las posibilidades lingüísticas, declinando los verbos y
conjugando los sustantivos. Consideré los argumentos
en pro y en contra de resucitar el latín, cuya nostalgia
no ha cesado de perdurar al cabo de los siglos. Me
demoré asimismo en el examen del idioma analítico de
John Wilkins, donde la definición de cada palabra está
en las letras que la forman. Fue bajo la alta cúpula de la
sala que conocí a Beatriz.

Esta es la historia general del Congreso del Mundo,
no la de Alejandro Ferri, la mía, pero la primera abarca
a la última, como a todas las otras. Beatriz era alta,
esbelta, de rasgos puros y de una cabellera bermeja que
pudo haberme recordado y nunca lo hizo la del oblicuo
Twirl. No había cumplido los veinte años. Había
dejado uno de los condados del norte para ser alumna
de letras de la universidad. Su origen, como el mío, era
humilde. Ser de cepa italiana en Buenos Aires era aún
desdoroso; en Londres descubrí que para muchos era
un atributo romántico.

Je trouvai à me loger dans une modeste pension derrière le British Museum, dont je fréquentais la bibliothèque matin et soir en quête d'un langage qui fût digne du Congrès du Monde. Je ne négligeai pas les langues universelles ; j'abordai l'espéranto — que le *Lunario sentimental* [1] donne pour « équitable, simple et économique » — et le volapük, qui veut exploiter toutes les possibilités linguistiques, en déclinant les verbes et en conjuguant les substantifs. Je pesai les arguments pour ou contre la résurrection du latin, dont nous traînons la nostalgie depuis des siècles. Je m'attardai même dans l'étude du langage analytique de John Wilkins, où le sens de chaque mot se trouve dans les lettres qui le composent. Ce fut sous la haute coupole de la salle de lecture que je rencontrai Béatrice.

Ce récit veut être l'histoire générale du Congrès du Monde et non l'histoire d'Alexandre Ferri, la mienne ; mais la première englobe la seconde, comme elle englobe toutes les autres. Béatrice était grande et svelte, elle avait des traits réguliers et une chevelure rousse qui aurait pu, mais ce ne fut jamais le cas, me rappeler celle de Twirl l'oblique. Elle n'avait pas encore vingt ans. Elle avait quitté l'un des comtés du nord pour faire ses études littéraires à l'université. Elle était, comme moi, d'origine modeste. Être de souche italienne était encore déshonorant à Buenos Aires ; à Londres je découvris que cela avait, aux yeux de bien des gens, un côté romantique.

1. *Lunario sentimental* (Lunaire sentimental) : recueil poétique capital publié en 1909 par le poète argentin Leopoldo Lugones (1874-1938) qui se suicida après s'être politiquement engagé dans un nationalisme fasciste. Cet ouvrage fut la référence avouée ou non de toute une génération d'écrivains argentins.

Pocas tardes tardamos en ser amantes; le pedí que se casara conmigo, pero Beatriz Frost, como Nora Erfjord, era devota de la fe predicada por Ibsen y no quería atarse a nadie. De su boca nació la palabra que yo no me atrevía a decir. Oh noches, oh compartida y tibia tiniebla, oh el amor que fluye en la sombra como un río secreto, oh aquel momento de la dicha en que cada uno es los dos, oh la inocencia y el candor de la dicha, oh la unión en la que nos perdíamos para perdernos luego en el sueño, oh las primeras claridades del día y yo contemplándola.

En la áspera frontera del Brasil me había acosado la nostalgia; no así en el rojo laberinto de Londres, que me dio tantas cosas. A pesar de los pretextos que urdí para demorar la partida, tuve que volver a fin de año; celebramos juntos la Navidad. Le prometí que don Alejandro la invitaría a formar parte del Congreso; me replicó, de un modo vago, que le interesaría visitar el hemisferio austral y que un primo suyo, dentista, se había radicado en Tasmania. Beatriz no quiso ver el barco; la despedida, a su entender, era un énfasis, una insensata fiesta de la desdicha, y ella detestaba los énfasis. Nos dijimos adiós en la biblioteca donde nos conocimos en otro invierno. Soy un hombre cobarde; no le dejé mi dirección, para eludir la angustia de esperar cartas.

Quelques après-midi suffirent pour que nous soyons amants ; je lui demandai de m'épouser, mais Béatrice Frost, comme Nora Erfjord, était une adepte de la religion prêchée par Ibsen, et elle ne voulait s'attacher à personne. C'est elle qui prononça la première les mots que je n'osais pas dire. Oh ! nuits, oh ! tièdes ténèbres partagées, oh ! l'amour qui répand ses flots dans l'ombre comme un fleuve secret, oh ! ce moment d'ivresse où chacun est l'un et l'autre à la fois, oh ! l'innocence et la candeur de l'extase, oh ! l'union où nous nous perdions pour nous perdre ensuite dans le sommeil, oh ! les premières lueurs du jour et moi la contemplant.

A l'âpre frontière du Brésil j'avais été en proie au mal du pays ; il n'en alla pas de même dans le rouge labyrinthe de Londres qui me donna tant de choses. Malgré tous les prétextes que j'inventais pour retarder mon départ, il me fallait rentrer à la fin de l'année ; nous passâmes Noël ensemble. Je promis à Béatrice que don Alejandro l'inviterait à faire partie du Congrès ; elle me répondit, d'une façon vague, qu'elle aimerait visiter l'hémisphère austral et qu'un de ses cousins, dentiste, était établi en Tasmanie. Elle ne voulut pas voir le bateau ; les adieux, à son avis, étaient de l'emphase, la fête insensée du chagrin, et elle détestait les emphases. Nous nous dîmes adieu dans la bibliothèque où nous nous étions rencontrés l'autre hiver. Je suis un homme qui manque de courage : je ne lui donnai pas mon adresse pour m'éviter l'angoisse d'attendre des lettres.

He notado que los viajes de vuelta duran menos que los de ida, pero la travesía del Atlántico, pesada de recuerdos y de zozobras, me pareció muy larga. Nada me dolía tanto como pensar que paralelamente a mi vida Beatriz iría viviendo la suya, minuto por minuto y noche por noche. Escribí una carta de muchas páginas, que rompí al zarpar de Montevideo. Arribé a la patria un día jueves; Irala me esperaba en la dársena. Volví a mi antiguo alojamiento en la calle Chile; aquel día y el otro los pasamos hablando y caminando. Yo quería recobrar a Buenos Aires. Fue un alivio saber que Fermín Eguren seguía en París; el hecho de haber regresado antes que él atenuaría de algún modo mi larga ausencia.

Irala estaba descorazonado. Fermín dilapidaba en Europa sumas desaforadas y había desacatado más de una vez la orden de volver inmediatamente. Esto era previsible. Más me inquietaron otras noticias; Twirl, pese a la oposición de Irala y de Cruz, había invocado a Plinio el Joven, según el cual no hay libro tan malo que no encierre algo bueno, y había propuesto la compra indiscriminada de colecciones de *La Prensa,* de tres mil cuatrocientos ejemplares de *Don Quijote,* en diversos formatos, del epistolario de Balmes, de tesis universitarias, de cuentas, de boletines y de programas de teatro. Todo es un testimonio, había dicho. Nierenstein lo apoyó; don Alejandro, « al cabo de tres sábados sonoros », aprobó la moción.

J'ai remarqué que les voyages sont moins longs au retour qu'à l'aller, mais cette traversée de l'Atlantique, lourde de souvenirs et de soucis, me parut interminable. Rien ne me faisait souffrir comme de penser que parallèlement à ma vie Béatrice allait vivre la sienne, minute par minute et nuit après nuit. Je lui écrivis une lettre de plusieurs pages que je déchirai au départ de Montevideo. Je revins dans mon pays un jeudi ; Irala m'attendait sur le quai. Je réintégrai mon ancien logement rue du Chili ; nous passâmes la journée et celle du lendemain à bavarder et à nous promener. Il me fallait retrouver Buenos Aires. Ce fut pour moi un soulagement d'apprendre que Firmin Eguren était toujours à Paris ; le fait d'être rentré avant lui ferait paraître mon absence moins longue.

Irala était découragé. Fermin dilapidait en Europe des sommes exorbitantes et n'avait tenu aucun compte de l'ordre qui lui avait été donné à plusieurs reprises de rentrer immédiatement. On aurait pu le prévoir. D'autres nouvelles m'inquiétèrent davantage : Twirl, malgré l'opposition d'Irala et de Cruz, avait invoqué Pline le Jeune, selon lequel il n'y a aucun livre si mauvais soit-il qui ne renferme quelque chose de bon, et avait proposé l'achat sans discrimination de collections de *La Prensa*, de trois mille quatre cents exemplaires de *Don Quichotte*, en divers formats, de la correspondance de Balmes, de thèses universitaires, de livres de comptes, de bulletins et de programmes de théâtre. Tout est témoignage, avait-il dit. Nierenstein l'avait soutenu ; don Alejandro, « après trois samedis orageux », avait approuvé la motion.

Nora Erfjord había renunciado a su cargo de secretaria; la reemplazaba un socio nuevo, Karlinski, que era un instrumento de Twirl. Los desmesurados paquetes iban apilándose ahora, sin catálogo ni fichero, en las habitaciones del fondo y en la bodega del caserón de don Alejandro. A principios de julio, Irala había pasado una semana en La Caledonia; los albañiles habían interrumpido el trabajo. El capataz, interrogado, explicó que así lo había dispuesto el patrón y que al tiempo lo que le está sobrando son días.

En Londres yo había redactado un informe, que no es del caso recordar; el viernes, fui a saludar a don Alejandro y a entregarle mi texto. Me acompañó Fernández Irala. Era la hora de la tarde y en la casa entraba el pampero. Frente al portón de la calle Alsina esperaba un carro con tres caballos. Me acuerdo de hombres encorvados que iban descargando sus fardos en el último patio; Twirl, imperioso, les daba órdenes. Ahí estaban también, como si presintieran algo, Nora Erfjord y Nierenstein y Cruz y Donald Wren y uno o dos congresales más. Nora me abrazó y me besó y aquel abrazo y aquel beso me recordaron otros. El negro, bonachón y feliz, me besó la mano.

En uno de los cuartos estaba abierta la cuadrada trampa del sótano; unos escalones de material se perdían en la sombra.

Bruscamente oímos los pasos. Antes de verlo, supe que era don Alejandro el que entraba. Casi como si corriera, llegó.

Nora Erfjord avait démissionné de son poste de secrétaire ; elle était remplacée par un nouveau sociétaire, Karlinski, qui était l'homme de Twirl. D'énormes paquets s'accumulaient maintenant, sans catalogue ni fichier, dans les pièces du fond et dans la cave de la vaste maison de don Alejandro. Au début de juillet, Irala avait passé une semaine à la Caledonia ; les maçons avaient interrompu les travaux. Le contremaître, interrogé, avait expliqué que le patron en avait décidé ainsi et que le temps, de toute façon, avait des jours à revendre.

A Londres, j'avais rédigé un rapport qu'il est inutile de mentionner ici ; le vendredi, j'allai saluer don Alejandro pour lui remettre mon texte. Fernandez Irala m'accompagnait. Le soir tombait et le vent de la pampa entrait dans la maison. Une charrette tirée par trois chevaux stationnait devant le portail de la rue Alsina. Je revois des hommes ployant sous les fardeaux qu'ils déchargeaient dans la cour du fond ; Twirl, impérieux, leur donnait des ordres. Il y avait là aussi présents, comme s'ils avaient été avertis par un pressentiment, Nora Erfjord, Nierenstein, Cruz, Donald Wren et quelques autres. Nora me serra contre elle et m'embrassa ; cette étreinte m'en rappela d'autres. Le Noir, débonnaire et heureux, me baisa la main.

Dans l'une des pièces était ouverte la trappe carrée donnant accès à la cave ; des marches de briques se perdaient dans l'ombre.

Soudain nous entendîmes des pas. Je sus, avant de le voir, que c'était don Alejandro qui entrait. Il arriva presque comme en courant.

Su voz era distinta; no era la del pausado señor que presidía nuestros sábados ni la del estanciero feudal que prohibía un duelo a cuchillo y que predicaba a sus gauchos la palabra de Dios, pero se parecía más a la última.

Sin mirar a nadie, mandó:

—Vayan sacando todo lo amontonado ahí abajo. Que no quede un libro en el sótano.

La tarea duró casi una hora. Acumulamos en el patio de tierra una pila más alta que los más altos. Todos íbamos y veníamos; el único que no se movió fue don Alejandro.

Después vino la orden:

—Ahora le prenden fuego a estos bultos.

Twirl estaba muy pálido. Nierenstein acertó a murmurar:

—El Congreso del Mundo no puede prescindir de esos auxiliares preciosos que he seleccionado con tanto amor.

—¿El Congreso del Mundo? —dijo don Alejandro. Se rió con sorna y yo nunca lo había oído reír.

Hay un misterioso placer en la destrucción; las llamaradas crepitaron resplandecientes y los hombres nos agolpamos contra los muros o en las habitaciones. Noche, ceniza y olor a quemado quedaron en el patio. Me acuerdo de unas hojas perdidas que se salvaron, blancas sobre la tierra. Nora Erfjord, que profesaba por don Alejandro ese amor que las mujeres jóvenes suelen profesar por los hombres viejos, dijo sin entender:

—Don Alejandro sabe lo que hace.

Sa voix était changée ; ce n'était plus celle de l'homme pondéré qui présidait nos séances du samedi ni celle du maître féodal qui mettait fin à un duel au couteau et qui prêchait à ses gauchos la parole de Dieu, mais elle faisait un peu penser à cette dernière.

Sans regarder personne, il ordonna :

— Qu'on sorte tout ce qui est entassé là-dessous. Qu'il ne reste plus un seul livre dans la cave.

Cela nous prit presque une heure. Dans la cour de terre battue nous entassâmes des volumes jusqu'à en faire une pile qui dépassait les plus grands d'entre nous. Nous n'arrêtions pas nos allées et venues ; le seul qui ne bougea pas fut don Alejandro.

Puis vint l'ordre suivant :

— Maintenant, qu'on mette le feu à tout ce tas.

Twirl était livide. Nierenstein parvint à murmurer :

— Le Congrès du Monde ne peut se passer de ces auxiliaires précieux que j'ai sélectionnés avec tant d'amour.

— Le Congrès du Monde ? dit don Alejandro. — Il eut un rire sarcastique, lui que je n'avais jamais entendu rire.

Il y a un plaisir mystérieux dans le fait de détruire ; les flammes crépitèrent, resplendissantes, et nous nous rassemblâmes près des murs ou dans les chambres. Seules la nuit, les cendres et l'odeur de brûlé restèrent dans la cour. Je me souviens de quelques feuillets isolés qui furent épargnés par le feu et qui gisaient, blancs sur le sol. Nora Erfjord, qui professait envers don Alejandro cet amour qu'éprouvent facilement les jeunes femmes pour les hommes âgés, déclara sans comprendre :

— Don Alejandro sait ce qu'il fait.

Irala, fiel a la literatura, intentó una frase :

—Cada tantos siglos hay que quemar la Biblioteca de Alejandría.

Luego nos llegó la revelación :

—Cuatro años he tardado en comprender lo que les digo ahora. La empresa que hemos acometido es tan vasta que abarca —ahora lo sé— el mundo entero. No es unos cuantos charlatanes que aturden en los galpones de una estancia perdida. El Congreso del Mundo comenzó con el primer instante del mundo y proseguirá cuando seamos polvo. No hay un lugar en que no esté. El Congreso es los libros que hemos quemado. El Congreso es los caledonios que derrotaron a las legiones de los Césares. El Congreso es Job en el muladar y Cristo en la cruz. El Congreso es aquel muchacho inútil que malgasta mi hacienda con las rameras.

No pude contenerme y lo interrumpí :

—Don Alejandro, yo también soy culpable. Yo tenía concluido el informe, que aquí le traigo, y seguía demorándome en Inglaterra y tirando su plata, por el amor de una mujer.

Don Alejandro continuó :

—Ya me lo suponía, Ferri. El Congreso es mis toros. El Congreso es los toros que he vendido y las leguas de campo que no son mías.

Una voz consternada se elevó ; era la de Twirl.

—¿ No va a decirnos que ha vendido La Caledonia ?

Irala, toujours littéraire, ne manqua pas l'occasion de faire une phrase :

— De temps à autre, dit-il, il faut brûler la Bibliothèque d'Alexandrie.

Ce fut alors à don Alejandro de nous faire cette révélation :

— J'ai mis quatre années à comprendre ce que je vous dis ici. La tâche que nous avons entreprise est si vaste qu'elle englobe — je le sais maintenant — le monde entier. Il ne s'agit pas d'un petit groupe de beaux parleurs pérorant sous les hangars d'une propriété perdue. Le Congrès du Monde a commencé avec le premier instant du monde et continuera quand nous ne serons plus que poussière. Il n'y a pas d'endroit où il ne siège. Le Congrès, c'est les livres que nous avons brûlés. Le Congrès, c'est les Calédoniens qui mirent en déroute les légions des Césars. Le Congrès, c'est Job sur son fumier et le Christ sur sa croix. Le Congrès, c'est ce garçon inutile qui dilapide ma fortune avec des prostituées.

Ne pouvant me contenir davantage, je l'interrompis :

— Moi aussi, don Alejandro, je suis coupable. J'avais terminé mon rapport, que je vous apporte ici, et je me suis attardé en Angleterre à vos frais, pour l'amour d'une femme.

Don Alejandro reprit :

— Je m'en doutais, Ferri. Le Congrès, c'est mes taureaux. Le Congrès c'est les taureaux que j'ai vendus et les hectares de terre que je n'ai plus.

Une voix consternée s'éleva : c'était celle de Twirl.

— Vous n'allez pas nous dire que vous avez vendu la Caledonia ?

Don Alejandro contestó sin apuro :

—Sí, la he vendido. Ya no me queda un palmo de tierra, pero mi ruina no me duele, porque ahora entiendo. Tal vez no nos veremos más, porque el Congreso no nos precisa, pero esta última noche saldremos todos a mirar el Congreso.

Estaba ebrio de victoria. Nos inundaron su firmeza y su fe. Nadie ni por un segundo pensó que estuviera loco.

En la plaza tomamos un coche abierto. Yo me acomodé en el pescante, junto al cochero, y don Alejandro ordenó :

—Maestro, vamos a recorrer la ciudad. Llévenos donde quiera.

El negro, encaramado en un estribo, no cesaba de sonreír. Nunca sabré si entendió algo.

Las palabras son símbolos que postulan una memoria compartida. La que ahora quiero historiar es mía solamente ; quienes la compartieron han muerto. Los místicos invocan una rosa, un beso, un pájaro que es todos los pájaros, un sol que es todas las estrellas y el sol, un cántaro de vino, un jardín o el acto sexual. De esas metáforas ninguna me sirve para esa larga noche de júbilo, que nos dejó, cansados y felices, en los linderos de la aurora. Casi no hablamos, mientras las ruedas y los cascos retumbaban sobre las piedras.

Don Alejandro répondit lentement :

— Si, je l'ai vendue. Je n'ai plus désormais un pouce de terrain, mais ma ruine ne m'affecte pas, car maintenant je comprends. Il se peut que nous ne nous revoyions plus, car le Congrès n'a pas besoin de nous, mais en cette dernière soirée nous allons tous aller le contempler.

Il était grisé par sa victoire. Sa fermeté d'âme et sa foi nous gagnèrent. Personne à aucun moment ne pensa qu'il pût être fou.

Nous prîmes sur la place une voiture découverte. Je m'installai près du cocher et don Alejandro ordonna :

— Nous allons parcourir la ville, patron. Menez-nous où vous voudrez.

Le Noir, debout sur un marchepied, ne cessait de sourire. Je ne saurai jamais s'il comprit quelque chose à tout cela.

Les mots sont des symboles qui postulent une mémoire partagée. Celle que je cherche ici à enjoliver n'est que mienne ; ceux qui partagèrent mes souvenirs sont morts. Les mystiques invoquent une rose, un baiser, un oiseau qui est tous les oiseaux, un soleil qui est à la fois toutes les étoiles et le soleil, une cruche de vin, un jardin ou l'acte sexuel. Aucune de ces métaphores ne peut m'aider à évoquer cette longue nuit de jubilation qui nous mena, épuisés et heureux, jusqu'aux abords de l'aube. Nous parlâmes à peine tandis que les roues et les sabots résonnaient sur les pavés.

Antes del alba, cerca de un agua oscura y humilde, que era tal vez el Maldonado o tal vez el Riachuelo, la alta voz de Nora Erfjord entonó la balada de Patrick Spens y don Alejandro coreó uno que otro verso en voz baja, desafinadamente. Las palabras inglesas no me trajeron la imagen de Beatriz. A mis espaldas Twirl murmuró :

—He querido hacer el mal y hago el bien.

Algo de lo que entrevimos perdura —el rojizo paredón de la Recoleta, el amarillo paredón de la cárcel, una pareja de hombres bailando en una esquina sin ochava, un atrio ajedrezado con una verja, las barreras del tren, mi casa, un mercado, la insondable y húmeda noche— pero ninguna de esas cosas fugaces, que acaso fueron otras, importa. Importa haber sentido que nuestro plan, del cual más de una vez nos burlamos, existía realmente y secretamente y era el universo y nosotros. Sin mayor esperanza, he buscado a lo largo de los años el sabor de esa noche ; alguna vez creí recuperarla en la música, en el amor, en la incierta memoria, pero no ha vuelto, salvo una sola madrugada, en un sueño. Cuando juramos no decir nada a nadie ya era la mañana del sábado.

Avant l'aube, près d'une eau obscure et humble, qui
était peut-être le Maldonado ou peut-être le Riachuelo, la voix forte de Nora Erfjord entonna la
ballade de Patrick Spens et don Alejandro en reprenait
de temps à autre un vers qu'il chantait faux en
sourdine. Les paroles anglaises ne ressuscitèrent pas
pour moi l'image de Béatrice. Dans mon dos, j'entendis Twirl murmurer :

— J'ai voulu faire le mal et je fais le bien.

Certains détails subsistent de ce que nous entre-
vîmes — l'enceinte rougeâtre de la Recoleta [1], le mur
jaune de la prison, deux hommes dansant ensemble à
un coin de rues, une cour dallée de blanc et noir,
fermée par une grille, les barrières du chemin de fer,
ma maison, un marché, la nuit insondable et humide
— mais aucune de ces impressions fugitives, qui peut-
être furent autres, n'a d'importance. Ce qui importe
c'est d'avoir senti que notre plan, dont nous avions
souri plus d'une fois, existait réellement et secrète-
ment, et qu'il était l'univers tout entier et nous-mêmes.
Sans grand espoir, j'ai cherché ma vie durant à
retrouver la saveur de cette nuit-là ; j'ai cru parfois y
parvenir à travers la musique, l'amour, la mémoire
incertaine, mais elle ne m'a jamais été rendue, si ce
n'est un beau matin en rêve. Quand nous jurâmes de
ne rien révéler à qui que ce soit, nous étions à l'aube du
samedi.

---

1. La Recoleta est le cimetière élégant et traditionnel de Buenos
Aires où reposent les ancêtres de Borges.

No los volví a ver más, salvo a Irala. No comentamos nunca la historia; cualquier palabra nuestra hubiera sido una profanación. En 1914, don Alejandro Glencoe murió y fue sepultado en Montevideo. Irala ya había muerto el año anterior.

Con Nierenstein me crucé una vez en la calle Lima y fingimos no habernos visto.

Je ne les revis plus, sauf Irala. Nous ne parlâmes
jamais de cette histoire ; le moindre mot de notre part
eût été sacrilège. En 1914, don Alejandro Glencoe
mourut et fut enterré à Montevideo. Irala était mort
l'année d'avant.

Je croisai Nierenstein un jour rue de Lima mais nous
fîmes semblant de ne pas nous voir.

There are more things

There are more things

A la memoria de Howard P. Lovecraft.

A punto de rendir el último examen en la Universidad de Texas, en Austin, supe que mi tío Edwin Arnett había muerto de un aneurisma, en el confín remoto del Continente. Sentí lo que sentimos cuando alguien muere : la congoja, ya inútil, de que nada nos hubiera costado haber sido más buenos. El hombre olvida que es un muerto que conversa con muertos. La materia que yo cursaba era filosofía ; recordé que mi tío, sin invocar un solo nombre propio, me había revelado sus hermosas perplejidades, allá en la Casa Colorada, cerca de Lomas. Una de las naranjas del postre fue su instrumento para iniciarme en el idealismo de Berkeley ; el tablero de ajedrez le bastó para las paradojas eleáticas. Años después me prestaría los tratados de Hinton, que quiere demostrar la realidad de una cuarta dimensión del espacio, que el lector puede intuir mediante complicados ejercicios con cubos de colores.

A la mémoire de Howard P. Lovecraft

Je m'apprêtais à passer un dernier examen à l'Université du Texas, à Austin, quand j'appris que mon oncle Edwin Arnett venait de mourir d'une rupture d'anévrisme, au fin fond du sud de l'Argentine. J'éprouvai ce que nous éprouvons tous à l'annonce d'un décès : le regret, désormais inutile, de penser qu'il ne nous aurait rien coûté d'avoir été plus affectueux. L'homme oublie qu'il est un mort qui converse avec des morts. J'étudiais alors la philosophie ; je me souvins que mon oncle, sans me citer aucun nom propre, m'en avait révélé les belles perplexités, là-bas dans la Maison Rouge, près de Lomas. Une des oranges de notre dessert fut son instrument pour m'initier à l'idéalisme de Berkeley ; un échiquier lui suffit pour les paradoxes éléatiques. Quelques années plus tard, il devait me prêter les traités de Hinton, lequel entend prouver l'existence d'une quatrième dimension de l'espace, hypothèse dont le lecteur peut vérifier le bien-fondé grâce à d'ingénieuses combinaisons de cubes de différentes couleurs.

No olvidaré los prismas y pirámides que erigimos en el piso del escritorio.

Mi tío era ingeniero. Antes de jubilarse de su cargo en el Ferrocarril decidió establecerse en Turdera, que le ofrecía las ventajas de una soledad casi agreste y de la cercanía de Buenos Aires. Nada más previsible que el arquitecto fuera su íntimo amigo Alexander Muir. Este hombre rígido profesaba la rígida doctrina de Knox; mi tío, a la manera de casi todos los señores de su época, era librepensador o, mejor dicho, agnóstico, pero le interesaba la teología, como le interesaban los falaces cubos de Hinton o las bien concertadas pesadillas del joven Wells. Le gustaban los perros; tenía un gran ovejero al que le había puesto el apodo de Samuel Johnson en memoria de Lichfield, su lejano pueblo natal.

La Casa Colorada estaba en un alto, cercada hacia el poniente por terrenos anegadizos. Del otro lado de la verja, las araucarias no mitigaban su aire de pesadez. En lugar de azoteas había tejados de pizarra a dos aguas y una torre cuadrada con un reloj, que parecían oprimir las paredes y las parcas ventanas. De chico, yo aceptaba esas fealdades como se aceptan esas cosas incompatibles que sólo por razón de coexistir llevan el nombre de universo.

Je crois voir encore les prismes et les pyramides que nous élevâmes à l'étage où il avait son bureau.

Mon oncle était ingénieur. Avant même de quitter son poste aux Chemins de fer pour prendre sa retraite, il avait décidé de s'installer à Turdera, ce qui lui offrait le double avantage de lui assurer une solitude presque campagnarde et d'être proche de Buenos Aires. Comme c'était à prévoir, il prit pour architecte son ami intime Alexander Muir. Cet homme austère professait l'austère doctrine de Knox; mon oncle, comme presque tous les messieurs de son temps, était libre-penseur ou disons plutôt agnostique, mais il s'intéressait à la théologie comme il s'était intéressé aux cubes trompeurs de Hinton ou aux cauchemars bien agencés du jeune Wells. Il aimait les chiens; il avait un grand berger allemand qu'il avait surnommé Samuel Johnson en souvenir de Lichfield, son lointain village natal.

La Maison Rouge était bâtie sur une hauteur, bordée à l'ouest par des terrains marécageux. Derrière la grille les araucarias n'arrivaient pas à atténuer la lourdeur de l'édifice. Au lieu d'un toit en terrasse, il y avait un toit d'ardoises à deux pentes et une tour carrée ornée d'une horloge qui semblaient vouloir écraser les murs et les misérables fenêtres. Enfant, j'avais pris mon parti de ces laideurs comme on accepte ces choses incompatibles auxquelles on a donné le nom d'univers, du seul fait qu'elles coexistent.

Regresé a la patria en 1921. Para evitar litigios habían rematado la casa ; la adquirió un forastero, Max Preetorius, que abonó el doble de la suma ofrecida por el mejor postor. Firmada la escritura, llegó al atardecer con dos asistentes y tiraron a un vaciadero, no lejos del Camino de las Tropas, todos los muebles, todos los libros y todos los enseres de la casa. (Recordé con tristeza los diagramas de los volúmenes de Hinton y la gran esfera terráquea.) Al otro día, fue a conversar con Muir y le propuso ciertas refacciones, que éste rechazó con indignación. Ulteriormente, una empresa de la Capital se encargó de la obra. Los carpinteros de la localidad se negaron a amueblar de nuevo la casa ; un tal Mariani, de Glew, aceptó al fin las condiciones que le impuso Preetorius. Durante una quincena, tuvo que trabajar de noche, a puertas cerradas. Fue asimismo de noche que se instaló en la Casa Colorada el nuevo habitante. Las ventanas ya no se abrieron, pero en la oscuridad se divisaban grietas de luz. El lechero dio una mañana con el ovejero muerto en la acera, decapitado y mutilado. En el invierno talaron las araucarias. Nadie volvió a ver a Preetorius, que, según parece, no tardó en dejar el país.

Je revins dans ma patrie en 1921. Pour éviter tout litige, on avait vendu la maison aux enchères ; elle avait été achetée par un étranger, Max Preetorius, qui avait payé le double du prix proposé par l'enchérisseur le plus offrant. L'acte signé, il était arrivé en fin d'après-midi avec deux assistants qui l'avaient aidé à jeter dans une décharge, non loin du chemin de Las Tropas, tous les meubles, tous les livres, tous les ustensiles de la maison. (J'évoquai avec tristesse les diagrammes des volumes de Hinton et la grande mappemonde.) Le lendemain, il était allé voir Muir et il lui avait suggéré certaines modifications que ce dernier avait rejetées avec indignation. Par la suite, une entreprise de la capitale s'était chargée des travaux. Les menuisiers de l'endroit avaient refusé de meubler à neuf la maison ; un certain Mariani, de Glew, avait finalement accepté les conditions que lui avait imposées Preetorius. Pendant une quinzaine de jours il avait dû travailler de nuit, portes closes. Ce fut également de nuit que s'était installé dans la Maison Rouge son nouvel occupant. Les fenêtres ne furent plus ouvertes, mais on distinguait dans l'obscurité des rais lumineux. Le laitier avait trouvé un beau matin le berger allemand mort sur le trottoir, décapité et mutilé. Au cours de l'hiver, on avait coupé les araucarias. Personne n'avait plus revu Preetorius qui, semble-t-il, n'avait pas tardé à quitter le pays.

Tales noticias, como es de suponer, me inquietaron. Sé que mi rasgo más notorio es la curiosidad que me condujo alguna vez a la unión con una mujer del todo ajena a mí, sólo para saber quién era y cómo era, a practicar (sin resultado apreciable) el uso del láudano, a explorar los números transfinitos y a emprender la atroz aventura que voy a referir. Fatalmente decidí indagar el asunto.

Mi primer trámite fue ver a Alexander Muir. Lo recordaba erguido y moreno, de una flacura que no excluía la fuerza; ahora lo habían encorvado los años y la renegrida barba era gris. Me recibió en su casa de Temperley, que previsiblemente se parecía a la de mi tío, ya que las dos correspondían a las sólidas normas del buen poeta y mal constructor William Morris.

El diálogo fue parco; no en vano el símbolo de Escocia es el cardo. Intuí, no obstante, que el cargado té de Ceylán y la equitativa fuente de *scones* (que mi huésped partía y enmantecaba como si yo aún fuera un niño) eran, de hecho, un frugal festín calvinista, dedicado al sobrino de su amigo. Sus controversias teológicas con mi tío habían sido un largo ajedrez, que exigía de cada jugador la colaboración del contrario.

Pasaba el tiempo y yo no me acercaba a mi tema. Hubo un silencio incómodo y Muir habló.

De telles nouvelles, il va de soi, m'inquiétèrent. Je sais que le trait le plus marqué de mon caractère est cette curiosité qui m'a poussé parfois à vivre avec une femme qui n'avait rien de commun avec moi, simplement pour savoir qui elle était et comment elle était, ou à pratiquer (sans résultat appréciable) l'usage du laudanum, à explorer les nombres transcendants et à me lancer dans l'atroce aventure que je vais raconter. Car je décidai fatalement d'enquêter sur cette affaire.

Ma première démarche consista à aller voir Alexander Muir. J'avais le souvenir d'un homme grand et brun, d'une maigreur qui n'excluait pas la force ; il était aujourd'hui voûté par les ans et sa barbe jadis si noire avait tourné au gris. Il me reçut dans sa maison de Temperley qui, cela va sans dire, ressemblait à celle de mon oncle puisque toutes deux répondaient aux normes massives de William Morris, bon poète et mauvais architecte.

L'entretien fut ardu ; ce n'est pas pour rien que l'emblème de l'Écosse est le chardon. Je compris, cependant, que le thé de Ceylan, très fort, et l'équitable assiette de *scones* (que mon hôte coupait en deux et beurrait pour moi comme si j'étais encore un enfant) représentaient en fait un frugal festin calviniste en l'honneur du neveu de son ami. Ses controverses théologiques avec mon oncle avaient été une longue partie d'échecs où chacun des joueurs avait dû compter sur la collaboration de l'adversaire.

Le temps passait sans qu'on ait abordé le sujet qui me préoccupait. Il y eut un silence gênant et Muir parla enfin.

—Muchacho (*Young man*) —dijo—, usted no se ha costeado hasta aquí para que hablemos de Edwin o de los Estados Unidos, país que poco me interesa. Lo que le quita el sueño es la venta de la Casa Colorada y ese curioso comprador. A mí, también. Francamente, la historia me desagrada, pero le diré lo que pueda. No será mucho.

Al rato, prosiguió sin premura :

—Antes que Edwin muriera, el intendente me citó en su despacho. Estaba con el cura párroco. Me propusieron que trazara los planos para una capilla católica. Remunerarían bien mi trabajo. Les contesté en el acto que no. Soy un servidor del Señor y no puedo cometer la abominación de erigir altares para ídolos.

Aquí se detuvo.

—¿ Eso es todo ? —me atreví a preguntar.

—No. El judezno ese de Preetorius quería que yo destruyera mi obra y que en su lugar pergeñara una cosa monstruosa. La abominación tiene muchas formas.

Pronunció estas palabras con gravedad y se puso de pie.

Al doblar la esquina se me acercó Daniel Iberra. Nos conocíamos como la gente se conoce en los pueblos. Me propuso que volviéramos caminando.

— Jeune homme (*Young man*), me dit-il, vous n'avez pas pris la peine de venir jusqu'ici pour que nous parlions d'Edwin ou des États-Unis, pays qui m'intéresse fort peu. Ce qui vous empêche de dormir, et moi aussi, c'est la vente de la Maison Rouge et son étrange acheteur. Cette affaire m'est franchement désagréable mais je vous dirai ce que j'en sais. Fort peu de choses, d'ailleurs.

Après avoir marqué un temps, il poursuivit posément :

— Avant la mort d'Edwin, Monsieur le Maire m'avait convoqué dans son bureau. Il était en compagnie du curé de la paroisse. On me demanda de dresser des plans pour l'édification d'une chapelle catholique. On aurait bien rémunéré mon travail. Je leur répondis aussitôt par la négative. Je suis un serviteur du Seigneur et je ne puis commettre l'abomination d'ériger des autels aux idoles.

Il s'arrêta là.

— Et c'est tout ? me risquai-je à demander.

— Non. Ce fils de juif de Preetorius voulait que je démolisse ce que j'avais construit et que je bricole à la place quelque chose de monstrueux. L'abomination peut prendre des formes diverses.

Sur ces derniers mots, prononcés d'une voix grave, il se leva.

Je n'avais pas doublé le coin de la rue quand je fus rattrapé par Daniel Iberra. Nous nous connaissions comme on se connaît dans un même village. Il me proposa de rentrer à pied avec lui.

Nunca me interesaron los malevos y preví una sórdida retahila de cuentos de almacén más o menos apócrifos y brutales, pero me resigné y acepté. Era casi de noche. Al divisar desde unas cuadras la Casa Colorada en el alto, Iberra se desvió. Le pregunté por qué. Su respuesta no fue la que yo esperaba.

—Soy el brazo derecho de don Felipe. Nadie me ha dicho flojo. Te acordarás de aquel mozo Urgoiti que se costeó a buscarme de Merlo y de cómo le fue. Mirá. Noches pasadas, yo venía de una farra. A unas cien varas de la quinta, vi algo. El tubiano se me espantó y si no me le afirmo y lo hago tomar por el callejón, tal vez no cuento el cuento. Lo que vi no era para menos.

Muy enojado, agregó una mala palabra.

Aquella noche no dormí. Hacia el alba soñé con un grabado a la manera de Piranesi, que no había visto nunca o que había visto y olvidado, y que representaba el laberinto. Era un anfiteatro de piedra, cercado de cipreses y más alto que las copas de los cipreses. No había ni puertas ni ventanas, pero sí una hilera infinita de hendijas verticales y angostas. Con un vidrio de aumento yo trataba de ver el minotauro. Al fin lo percibí. Era el monstruo de un monstruo; tenía menos de toro que de bisonte y, tendido en la tierra el cuerpo humano, parecía dormir y soñar. ¿Soñar con qué o con quién?

Je n'ai jamais été intéressé par les mauvaises langues et je prévoyais une suite de ragots sordides plus ou moins apocryphes et grossiers, mais je me résignai et acceptai sa compagnie. Il faisait presque nuit. Soudain, en apercevant la Maison Rouge au loin sur la hauteur, Iberra changea de direction. Je lui demandai pourquoi. Sa réponse ne fut pas celle que j'attendais.

— Je suis, dit-il, le bras droit de don Felipe. On ne m'a jamais traité de lâche. Tu te souviens sans doute de ce jeune Urgoiti qui avait pris la peine de venir de Merlo pour me provoquer et de ce qu'il lui en coûta. Eh bien! l'autre soir, je revenais d'une bringue. A environ cent mètres de la maison, j'ai aperçu quelque chose. Mon canasson[1] s'est effrayé et si je n'avais pas tiré sur les rênes pour l'obliger à prendre une traverse, je ne serais sans doute pas là pour te raconter la chose. Ce que j'ai vu là, ce n'était pas rien, tu peux me croire.

Furieux, il lança un juron.

Cette nuit-là, je ne dormis pas. A l'aube, je rêvai d'une gravure à la manière de Piranèse, que je n'avais jamais vue ou, si je l'avais vue, que j'avais oubliée, et qui représentait un labyrinthe. C'était un amphithéâtre de pierre entouré de cyprès et qui dépassait la cime de ces arbres. Il n'y avait ni portes ni fenêtres, mais une rangée infinie de fentes verticales et étroites. A l'aide d'une loupe, je cherchais à voir le minotaure. Je l'aperçus enfin. C'était le monstre d'un monstre; il tenait moins du taureau que du bison et, son corps d'homme allongé par terre, il semblait dormir et rêver. Rêver de quoi ou à qui?

1. Canasson traduit *tubiano*, corruption de tobiano, cheval dont la robe présente de grandes taches de deux couleurs différentes.

Esa tarde pasé frente a la Casa. El portón de la verja estaba cerrado y unos barrotes retorcidos. Lo que antes fue jardín era maleza. A la derecha había una zanja de escasa hondura y los bordes estaban pisoteados.

Una jugada me quedaba, que fui demorando durante días, no sólo por sentirla del todo vana, sino porque me arrastraría a la inevitable, a la última.

Sin mayores esperanzas fui a Glew. Mariani, el carpintero, era un italiano obeso y rosado, ya entrado en años, de lo más vulgar y cordial. Me bastó verlo para descartar las estratagemas que había urdido la víspera. Le entregué mi tarjeta, que deletreó pomposamente en voz alta, con algún tropezón reverencial al llegar a *doctor*. Le dije que me interesaba el moblaje fabricado por él para la propiedad que fue de mi tío, en Turdera. El hombre habló y habló. No trataré de transcribir sus muchas y gesticuladas palabras, pero me declaró que su lema era satisfacer todas las exigencias del cliente, por estrafalarias que fueran, y que él había ejecutado su trabajo al pie de la letra. Tras de hurgar en varios cajones, me mostró unos papeles que no entendí, firmados por el elusivo Preetorius. (Sin duda me tomó por un abogado.) Al despedirnos, me confió que por todo el oro del mundo no volvería a poner los pies en Turdera y menos en la casa. Agregó que el cliente es sagrado, pero que en su humilde opinión, el señor Preetorius estaba loco. Luego se calló, arrepentido. Nada más pude sonsacarle.

Dans l'après-midi, je passai devant la Maison Rouge. Le portail de la grille était fermé et quelques-uns de ses barreaux avaient été tordus. Le jardin d'autrefois n'était que broussailles. A droite, il y avait une fosse peu profonde dont les bords étaient piétinés.

Il me restait une démarche à tenter, que je remettais de jour en jour, non seulement parce que je sentais qu'elle serait absolument inutile mais parce qu'elle devait me conduire inévitablement à l'autre, l'ultime.

Sans grand espoir, je me rendis donc à Glew. Mariani, le menuisier, était un Italien obèse au teint rose, assez âgé, tout ce qu'il y a de plus vulgaire et cordial. Il me suffit de le voir pour renoncer aussitôt aux stratagèmes que j'avais ourdis la veille. Je lui remis ma carte, qu'il lut pompeusement à voix haute, non sans trébucher révérencieusement sur le mot *docteur*. Je lui dis que je m'intéressais au mobilier qu'il avait fabriqué pour la propriété qui avait été celle de mon oncle, à Turdera. L'homme parla d'abondance. Je n'essaierai pas de rapporter ses paroles et gesticulations sans fin, mais il me déclara qu'il avait pour principe de satisfaire toutes les exigences de la clientèle, aussi bizarres fussent-elles, et qu'il avait exécuté au pied de la lettre le travail qu'on lui avait commandé. Après avoir fouillé dans plusieurs tiroirs, il me montra des papiers auxquels je ne compris rien, signés par le fugace Preetorius. (Sans doute m'avait-il pris pour un avocat.) Au moment de nous quitter, il m'avoua que pour tout l'or du monde il ne remettrait jamais plus les pieds à Turdera et encore moins dans cette maison. Il ajouta que le client est roi, mais qu'à son humble avis, M. Preetorius était fou. Puis il garda un silence gêné. Je ne pus rien tirer d'autre de lui.

Yo había previsto ese fracaso, pero una cosa es prever algo y otra que ocurra.

Repetidas veces me dije que no hay otro enigma que el tiempo, esa infinita urdimbre del ayer, del hoy, del porvenir, del siempre y del nunca. Esas profundas reflexiones resultaron inútiles; tras de consagrar la tarde al estudio de Schopenhauer o de Royce, yo rondaba, noche tras noche, por los caminos de tierra que cercan la Casa Colorada. Algunas veces divisé arriba una luz muy blanca; otras creí oír un gemido. Así hasta el diecinueve de enero.

Fue uno de eso días de Buenos Aires en el que el hombre se siente no sólo maltratado y ultrajado por el verano, sino hasta envilecido. Serían las once de la noche cuando se desplomó la tormenta. Primero el viento sur y después el agua a raudales. Erré buscando un árbol. A la brusca luz de un relámpago me hallé a unos pasos de la verja. No sé si con temor o con esperanza probé el portón. Inesperadamente, cedió. Avancé empujado por la tormenta. El cielo y la tierra me conminaban. También la puerta de la casa estaba a medio abrir. Una racha de lluvia me azotó la cara y entré.

Adentro habían levantado las baldosas y pisé pasto desgreñado. Un olor dulce y nauseabundo penetraba la casa. A izquierda o a derecha, no sé muy bien, tropecé con una rampa de piedra. Apresuradamente subí. Casi sin proponérmelo hice girar la llave de la luz.

J'avais prévu l'échec de ma démarche, mais il y a une différence entre prévoir une chose et la voir se réaliser.

A plusieurs reprises je m'étais dit qu'il n'y a pas d'autre énigme que le temps, cette trame sans fin du passé, du présent, de l'avenir, du toujours et du jamais. Ces profondes réflexions s'avérèrent inutiles ; après avoir consacré les après-midi à lire Schopenhauer ou Royce, j'allais tous les soir rôder par les chemins de terre qui ceignent la Maison Rouge. Il m'arriva d'apercevoir, à l'étage supérieur, une lumière très blanche ; il me sembla parfois entendre gémir. Et ceci jusqu'au 19 janvier.

Ce fut une de ces journées où, à Buenos Aires, l'homme se sent non seulement accablé, outragé par la chaleur de l'été, mais même avili. Il était peut-être onze heures du soir quand l'orage éclata. D'abord un fort vent du sud puis des trombes d'eau. J'errai à la recherche d'un abri. A la lueur soudaine d'un éclair je vis que j'étais à quelques pas de la grille. Avec crainte ou espoir, je ne sais, je poussai le portail. Contre toute attente, il céda. J'avançai, harcelé par la tourmente. Le ciel et la terre m'enjoignaient d'agir ainsi. La porte de la maison, elle aussi, était entrouverte. Une rafale de pluie me fouetta le visage et j'entrai.

A l'intérieur, on avait enlevé le carrelage et je marchai sur des touffes d'herbe. Il flottait dans la maison une odeur douceâtre, nauséabonde. A gauche, ou à droite, je ne sais pas bien, je butai sur une rampe en pierre. Je montai précipitamment. Presque inconsciemment, je manœuvrai l'interrupteur et donnai de la lumière.

El comedor y la biblioteca de mis recuerdos eran ahora, derribada la pared medianera, una sola gran pieza desmantelada, con uno que otro mueble. No trataré de describirlos, porque no estoy seguro de haberlos visto, pese a la despiadada luz blanca. Me explicaré. Para ver una cosa hay que comprenderla. El sillón presupone el cuerpo humano, sus articulaciones y partes; las tijeras, el acto de cortar. ¿Qué decir de una lámpara o de un vehículo? El salvaje no puede percibir la biblia del misionero; el pasajero no ve el mismo cordaje que los hombres de a bordo. Si viéramos realmente el universo, tal vez lo entenderíamos.

Ninguna de las formas insensatas que esa noche me deparó correspondía a la figura humana o a un uso concebible. Sentí repulsión y terror. En uno de los ángulos descubrí una escalera vertical, que daba al otro piso. Entre los anchos tramos de hierro, que no pasarían de diez, había huecos irregulares. Esa escalera, que postulaba manos y pies, era comprensible y de algún modo me alivió. Apagué la luz y aguardé un tiempo en la oscuridad. No oí el menor sonido, pero la presencia de las cosas incomprensibles me perturbaba. Al fin me decidí.

Ya arriba mi temerosa mano hizo girar por segunda vez la llave de la luz. La pesadilla que prefiguraba el piso inferior se agitaba y florecía en el último.

La salle à manger et la bibliothèque, dont j'avais gardé le souvenir, ne formaient plus, la cloison de séparation ayant été abattue, qu'une seule grande pièce vide ne contenant qu'un ou deux meubles. Je n'essaierai pas de les décrire car je ne suis pas sûr de les avoir vus, malgré l'aveuglante lumière. Je m'explique. Pour voir une chose il faut la comprendre. Un fauteuil présuppose le corps humain, ses articulations, ses divers membres ; des ciseaux, l'action de couper. Que dire d'une lampe ou d'un véhicule ? Le sauvage ne perçoit pas la bible du missionnaire ; le passager d'un bateau ne voit pas les mêmes cordages que les hommes d'équipage. Si nous avions une réelle vision de l'univers, peut-être pourrions-nous le comprendre.

Aucune des formes insensées qu'il me fut donné de voir cette nuit-là ne correspondait à l'être humain ni à un usage imaginable. J'éprouvai du dégoût et de l'effroi. Je découvris dans l'un des angles de la pièce une échelle verticale qui menait à l'étage supérieur. Les larges barreaux de fer, dont le nombre ne devait pas dépasser la dizaine, étaient disposés à des intervalles irréguliers. Cette échelle, qui postulait l'usage de mains et de pieds, était compréhensible et j'en éprouvai un certain réconfort. J'éteignis la lumière et me tins un moment aux aguets dans l'obscurité. Je n'entendis pas le moindre bruit, mais la présence de ces objets échappant à l'entendement me troublait. Au bout d'un moment, je me décidai.

Arrivé en haut, je tournai de nouveau d'une main craintive un commutateur. Le cauchemar que préfigurait l'étage inférieur s'amplifiait et se déchaînait à celui-ci.

Había muchos objetos o unos pocos objetos entretejidos. Recupero ahora una suerte de larga mesa operatoria, muy alta, en forma de U, con hoyos circulares en los extremos. Pensé que podía ser el lecho del habitante, cuya monstruosa anatomía se revelaba así, oblicuamente, como la de un animal o un dios, por su sombra. De alguna página de Lucano, leída hace años y olvidada, vino a mi boca la palabra *anfisbena,* que sugería, pero que no agotaba por cierto lo que verían luego mis ojos. Asimismo recuerdo una V de espejos que se perdía en la tiniebla superior.

¿Cómo sería el habitante? ¿Qué podía buscar en este planeta, no menos atroz para él que él para nosotros? ¿Desde qué secretas regiones de la astronomía o del tiempo, desde qué antiguo y ahora incalculable crepúsculo, habría alcanzado este arrabal sudamericano y esta pecisa noche?

Me sentí un intruso en el caos. Afuera había cesado la lluvia. Miré el reloj y vi con asombro que eran casi las dos. Dejé la luz prendida y acometí cautelosamente el descenso. Bajar por donde había subido no era imposible. Bajar antes que el habitante volviera. Conjeturé que no había cerrado las dos puertas porque no sabía hacerlo.

On y voyait beaucoup d'objets, ou quelques-uns seulement mais qui s'imbriquaient les uns dans les autres. Je me souviens maintenant d'une sorte de longue table d'opération, très haute, en forme de U, avec des cavités circulaires à ses extrémités. Je pensai que c'était peut-être le lit de l'habitant, dont la monstrueuse anatomie se révélait ainsi, de manière oblique, comme celle d'un animal ou d'un dieu, par son ombre. Un passage de Lucain, lu jadis et oublié, me fit prononcer le mot *amphisbène* [1], qui évoquait sans le rendre certes dans son intégralité ce que mes yeux allaient voir. Je me rappelle également une glace en forme de V qui allait se perdre dans la pénombre du plafond.

Quel aspect pouvait bien présenter l'hôte de cette maison ? Que pouvait-il bien faire sur cette planète non moins épouvantable pour lui qu'il ne l'était lui-même pour nous ? De quelles secrètes régions de l'astronomie ou du temps, de quel ancien et maintenant incalculable crépuscule était-il sorti pour aboutir dans ce faubourg sud-américain, en cette nuit-ci ?

Je me sentis un intrus dans le chaos. Au-dehors la pluie avait cessé. Je regardai ma montre et vis avec stupéfaction qu'il était près de deux heures. Je laissai la lumière allumée et j'entrepris prudemment de redescendre. Rien ne m'empêchait de descendre là par où j'étais monté. Il me fallait le faire avant que l'hôte ne revînt. Je présumai qu'il n'avait pas fermé les deux portes parce qu'il ne savait pas le faire.

1. Amphisbène : reptile saurien d'Amérique à la peau lisse tachée de bleu, de rouge et de jaune, et dépourvu de queue. Il n'a qu'un rudiment de bassin et pas du tout de membres. Reptile fabuleux que J. L. Borges mentionne dans son *Livre des êtres imaginaires*.

Mis pies tocaban el penúltimo tramo de la escalera cuando sentí que algo ascendía por la rampa, opresivo y lento y plural. La curiosidad pudo más que el miedo y no cerré los ojos.

Mes pieds touchaient l'avant-dernier barreau de l'échelle quand j'entendis que montait par la rampe quelque chose de pesant, de lent et de multiple. La curiosité l'emporta sur la peur et je ne fermai pas les yeux.

La Secta de los Treinta
La Secte des Trente

El manuscrito original puede consultarse en la Biblioteca de la Universidad de Leiden; está en latín, pero algún helenismo justifica la conjetura de que fue vertido del griego. Según Leisegang, data del siglo cuarto de la era cristiana. Gibbon lo menciona, al pasar, en una de las notas del capítulo decimoquinto de su *Decline and Fall*. Reza el autor anónimo:

« ... La Secta nunca fue numerosa y ahora son parcos sus prosélitos. Diezmados por el hierro y por el fuego duermen a la vera de los caminos o en las ruinas que ha perdonado la guerra, ya que les está vedado construir viviendas. Suelen andar desnudos. Los hechos registrados por mi pluma son del conocimiento de todos; mi propósito actual es dejar escrito lo que me ha sido dado descubrir sobre su doctrina y sus hábitos. He discutido largamente con sus maestros y no he logrado convertirlos a la Fe del Señor.

Lo primero que atrajo mi atención fue la diversidad de sus pareceres en lo que concierne a los muertos.

Le manuscrit original peut être consulté à la Bibliothèque de l'Université de Leyde; il est en latin, mais
certains hellénismes font supposer qu'il a été traduit
du grec. Selon Leisegang, il date du quatrième siècle
de l'ère chrétienne. Gibbon le mentionne au passage,
dans l'une des notes du chapitre quinze de son *Histoire
de la décadence*. L'auteur anonyme dit ceci :

... « La Secte ne fut jamais nombreuse et elle ne
compte aujourd'hui que très peu d'adeptes. Décimés
par le fer et par le feu, ils dorment au bord des chemins
ou dans les ruines qu'a épargnées la guerre, car il leur
est interdit de se construire des habitations. Ils vont
nus la plupart du temps. Ces faits que relate ma plume
sont connus de tous; je me propose en fait de laisser le
témoignage écrit de ce qu'il m'a été donné de découvrir concernant leur doctrine et leurs coutumes. J'ai
longuement discuté avec leurs maîtres sans avoir
jamais pu les convertir à la Foi du Seigneur.

Ce qui a d'abord attiré mon attention a été la
diversité de leurs croyances en ce qui concerne les
morts.

Los más indoctos entienden que los espíritus de quienes han dejado esta vida se encargan de enterrarlos; otros, que no se atienen a la letra, declaran que la amonestación de Jesús : *Deja que los muertos entierren a sus muertos*, condena la pomposa vanidad de nuestros ritos funerarios.

El consejo de vender lo que se posee y de darlo a los pobres es acatado rigurosamente por todos; los primeros beneficiados lo dan a otros y éstos a otros. Esta es explicación suficiente de su indigencia y desnudez, que los avecina asimismo al estado paradisíaco. Repiten con fervor las palabras : *Considerad los cuervos, que ni siembran ni siegan; que ni tienen cillero, ni alfolí; y Dios los alimenta. ¿Cuánto de más estima sois vosotros que las aves?* El texto proscribe el ahorro : *Si así viste Dios a la hierba, que hoy está en el campo, y mañana es echada en el horno, ¿cuánto más vosotros, hombres de poca fe? Vosotros, pues, no procuréis qué hayáis de comer, o qué hayáis de beber; ni estéis en ansiosa perplejidad.*

El dictamen *Quien mira una mujer para codiciarla, ya adulteró con ella en su corazón* es un consejo inequívoco de pureza. Sin embargo, son muchos los sectarios que enseñan que si no hay bajo los cielos un hombre que no haya mirado a una mujer para codiciarla, todos hemos adulterado. Ya que el deseo no es menos culpable que el acto, los justos pueden entregarse sin riesgo al ejercicio de la más desaforada lujuria.

Les plus frustes pensent que ce sont les esprits de ceux qui ont quitté cette vie qui se chargent d'enterrer les corps qu'ils habitaient ; d'autres, qui ne s'en tiennent pas au pied de la lettre, déclarent que l'admonestation de Jésus : *Laissez les morts enterrer les morts,* condamne en fait la vaine pompe de nos rites funéraires.

Le conseil donné de vendre les biens que l'on possède et d'en distribuer le montant aux pauvres est rigoureusement respecté par tous ; les premiers qui en reçoivent leur part s'en défont en faveur d'autres qui font de même, et ainsi de suite. Cela suffit à expliquer leur indigence et leur nudité, qui les font se rapprocher de l'état paradisiaque. Ils répètent avec ferveur ces préceptes : *Considérez les corbeaux : ils ne sèment ni ne moissonnent, ils n'ont ni celliers ni greniers, et Dieu les nourrit. De combien serez-vous plus dignes d'estime que des oiseaux ?* Le texte proscrit l'épargne : *Si Dieu revêt ainsi l'herbe qui est aujourd'hui dans les champs et sera jetée demain dans un four, n'en fera-t-il pas bien plus pour vous, hommes de peu de foi ! Et vous, ne vous mettez pas en quête de ce que vous mangerez ou de ce que vous boirez, et ne soyez pas dans les affres de l'anxiété.*

Décréter que *Quiconque regarde une femme au point de la désirer a déjà commis l'adultère avec elle dans son cœur* est une injonction non équivoque à la pureté. Cependant, de nombreux adeptes professent que s'il n'y a pas sous le soleil un seul homme qui n'ait regardé une femme au point de la désirer, nous sommes tous adultères. Et si le désir n'est pas moins coupable que l'acte, les justes peuvent se livrer sans risque à l'exercice de la luxure la plus effrénée.

La Secta elude las iglesias; sus doctores predican al aire libre, desde un cerro o un muro o a veces desde un bote en la orilla.

El nombre de la Secta ha suscitado tenaces conjeturas. Alguna quiere que nos dé la cifra a que están reducidos los fieles, lo cual es irrisorio pero profético, porque la Secta, dada su perversa doctrina, está predestinada a la muerte. Otra lo deriva de la altura del arca, que era de treinta codos; otra, que falsea la astronomía, del número de noches, que son la suma de cada mes lunar; otra, del bautismo del Salvador; otra, de los años de Adán, cuando surgió del polvo rojo. Todas son igualmente falsas. No menos mentiroso es el catálogo de treinta divinidades o tronos, de los cuales uno es Abraxas, representado con cabeza de gallo, brazos y torso de hombre y remate de enroscada serpiente.

Sé la Verdad pero no puedo razonar la Verdad. El inapreciable don de comunicarla no me ha sido otorgado. Que otros, más felices que yo, salven a los sectarios por la palabra. Por la palabra o por el fuego. Más vale ser ejecutado que darse muerte. Me limitaré pues a la exposición de la abominable herejía.

El Verbo se hizo carne para ser hombre entre los hombres, que lo darían a la cruz y serían redimidos por Él. Nació del vientre de una mujer del pueblo elegido no sólo para predicar el Amor, sino para sufrir el martirio.

La Secte évite les églises ; ses docteurs prêchent en plein air, du haut d'une colline ou d'un mur, ou parfois d'une barque près du rivage.

Le nom de la Secte a fait l'objet d'hypothèses tenaces. L'une d'entre elles veut qu'il corresponde au nombre auquel sont réduits les fidèles, chiffre dérisoire mais prophétique, car la Secte, du fait de la perversité de sa doctrine, est condamnée à disparaître. D'après une autre hypothèse, ce nom viendrait de la hauteur de l'Arche, qui était de trente coudées ; une autre, qui fait bon marché de l'astronomie, tire ce nom du nombre des nuits dont la somme fait le mois lunaire ; une autre, du baptême du Sauveur ; une autre encore, de l'âge qu'avait Adam quand il surgit de l'argile rouge. Toutes ces hypothèses sont aussi fausses les unes que les autres. Non moins mensongère celle qui invoque le catalogue des trente divinités ou trônes, dont l'un d'eux est Abraxas, représenté avec une tête de coq, des bras et un torse d'homme, le bas du corps s'achevant en anneaux de serpent.

Je connais la Vérité mais je ne peux discourir sur la Vérité. L'inappréciable don de la transmettre ne m'a pas été accordé. Que d'autres, plus heureux que moi, sauvent par la parole les membres de cette Secte. Par la parole ou par le feu. Mieux vaut périr exécuté que de se donner soi-même la mort. Je me bornerai donc à exposer cette abominable hérésie.

Le Verbe se fit chair pour être un homme parmi les hommes, et ceux-ci le crucifieraient et seraient rachetés par Lui. Il naquit des entrailles d'une femme du peuple élu non seulement pour prêcher l'Amour mais encore pour subir le martyre.

Era preciso que las cosas fueran inolvidables. No bastaba la muerte de un ser humano por el hierro o por la cicuta para herir la imaginación de los hombres hasta el fin de los días. El Señor dispuso los hechos de manera patética. Tal es la explicación de la última cena, de las palabras de Jesús que presagian la entrega, de la repetida señal a uno de los discípulos, de la bendición del pan y del vino, de los juramentos de Pedro, de la solitaria vigilia en Gethsemaní, del sueño de los doce, de la plegaria humana del Hijo, del sudor como sangre, de las espadas, del beso que traiciona, de Pilatos que se lava las manos, de la flagelación, del escarnio, de las espinas, de la púrpura y del cetro de caña, del vinagre con hiel, de la Cruz en lo alto de una colina, de la promesa al buen ladrón, de la tierra que tiembla y de las tinieblas.

La divina misericordia, a la que debo tantas mercedes, me ha permitido descubrir la auténtica y secreta razón del nombre de la Secta. En Kerioth, donde verosímilmente nació, perdura un conventículo que se apoda de los Treinta Dineros. Ese nombre fue el primitivo y nos da la clave. En la tragedia de la Cruz —lo escribo con debida reverencia— hubo actores voluntarios e involuntarios, todos imprescindibles, todos fatales. Involuntarios fueron los sacerdotes que entregaron los dineros de plata, involuntaria fue la plebe que eligió a Barrabás, involuntario fue el procurador de Judea, involuntarios fueron los romanos que erigieron la Cruz de Su martirio y clavaron los clavos y echaron suertes. Voluntarios sólo hubo dos : el Redentor y Judas.

Il fallait que les choses fussent inoubliables. Il ne suffisait pas qu'un être humain mourût par le fer ou par la ciguë pour frapper l'imagination des hommes jusqu'à la fin des temps. Le Seigneur ordonna les faits de façon pathétique. Telle est l'explication de la dernière cène, des paroles de Jésus prophétisant qu'il serait livré, du signal répété fait à l'un des disciples, de la bénédiction du pain et du vin, des serments de Pierre, de la veille solitaire à Gethsémani, du sommeil des apôtres, de la supplication humaine du Fils, de la sueur de sang, des épées, du baiser qui trahit, de Pilate se lavant les mains, de la flagellation, des outrages, des épines, de la pourpre et du sceptre en roseau, du vinaigre et du fiel, de la Croix au sommet d'une colline, de la promesse au bon larron, de la terre qui tremble et des ténèbres.

La divine miséricorde, qui m'a comblé de tant de grâces, m'a permis de découvrir la secrète et vraie raison du nom de la Secte. A Kerioth, où celle-ci naquit vraisemblablement, subsiste un petit couvent dit des Trente Deniers. C'était là son nom primitif et il nous livre sa clef. Dans la tragédie de la Croix — j'en parle avec tout le respect voulu — il y eut des acteurs volontaires et d'autres involontaires, tous indispensables, tous fatals. Acteurs involontaires furent les prêtres qui remirent les deniers d'argent, la foule qui choisit Barabbas, le procurateur de Judée, les soldats romains qui dressèrent la Croix de son martyre, qui plantèrent les clous et qui tirèrent au sort sa tunique. De volontaires, il n'y en eut que deux : le Rédempteur et Judas.

Este arrojó las treinta piezas que eran el precio de la salvación de las almas e inmediatamente se ahorcó. A la sazón contaba treinta y tres años, como el Hijo del Hombre. La Secta los venera por igual y absuelve a los otros.

No hay un solo culpable; no hay uno que no sea un ejecutor, a sabiendas o no, del plan que trazó la Sabiduría. Todos comparten ahora la Gloria.

Mi mano se resiste a escribir otra abominación. Los iniciados, al cumplir la edad señalada, se hacen escarnecer y crucificar en lo alto de un monte, para seguir el ejemplo de sus maestros. Esta violación criminal del quinto mandamiento debe ser reprimida con el rigor que las leyes humanas y divinas han exigido siempre. Que las maldiciones del Firmamento, que el odio de los ángeles... »

El fin del manuscrito no se ha encontrado.

Ce dernier jeta les trente pièces qui étaient le prix du rachat des âmes et aussitôt après il se pendit. Il avait alors trente-trois ans, comme le Fils de l'Homme. La Secte les vénère tous deux à égalité et elle absout tous les autres.

Il n'y a pas un seul coupable ; il n'en est pas un seul qui ne soit autre chose qu'un exécutant, conscient ou non, du plan tracé par la Sagesse. Tous partagent maintenant la Gloire.

Ma main se refuse à décrire une autre abomination. Les initiés, parvenus à l'âge prescrit, se font bafouer et crucifier au sommet d'une colline pour suivre l'exemple de leurs maîtres. Cette violation criminelle du cinquième commandement doit être réprimée avec la rigueur que les lois humaines et divines ont toujours exigée. Que les malédictions du Ciel, que la vindicte des anges... »

La fin du manuscrit est demeurée introuvable.

de détruire tout le régime pénitentiaire, le prix du sang des hommes et patibulaire, et lui se prend, il faut le dire en souriant, comme comme à la fin de l'avoué. De pitié les vertus ont-glace d'autre est absolument

Il n'y a pas un seul coupable. Il n'est nos ceux-là qui tirent aux champs, et ils s'exemple, chasseur on prend ici plus triste et il sera court-vêtu, par-semi chauguetant à l'état.

De mal aux effets à celui de son opinion, et la nuit s'arrêtent il faut que ni, quelle était l'action mécanique à fusiller, puis qu'ili l'était, ne lui porter ticket par le havre et rire s'être n'était vraiment du possible compagnon d'il dans les rangs à tous les foison qui au lui jubilatoire et dira tout bonnement maigre que le rapprochement n'eût que le tendresse des siècles.

La faim ridicule l'âme, et dans le développ.

La noche de los dones
La nuit des dons

En la antigua Confitería del Aguila, en Florida a la altura de Piedad, oímos la historia.

Se debatía el problema del conocimiento. Alguien invocó la tesis platónica de que ya todo lo hemos visto en un orbe anterior, de suerte que conocer es reconocer; mi padre, creo, dijo que Bacon había escrito que si aprender es recordar, ignorar es de hecho haber olvidado. Otro interlocutor, un señor de edad, que estaría un poco perdido en esa metafísica, se resolvió a tomar la palabra. Dijo con lenta seguridad :

—« No acabo de entender lo de los arquetipos platónicos. Nadie recuerda la primera vez que vio el amarillo o el negro o la primera vez que le tomó el gusto a una fruta, acaso porque era muy chico y no podía saber que inauguraba una serie muy larga. Por supuesto, hay otras primeras veces que nadie olvida.

C'est dans l'ancien salon de thé de l'Aigle, rue Florida, à la hauteur de la rue Piedad, que nous entendîmes raconter l'histoire que voici.

On discutait du problème de la connaissance. L'un de nous évoqua la thèse platonicienne selon laquelle nous avons déjà tout connu dans un monde antérieur, de sorte que connaître c'est reconnaître ; mon père — je crois bien que c'est lui — déclara que Bacon prétendait que si apprendre c'est se souvenir, ignorer n'est en fait qu'avoir oublié. Un autre interlocuteur, un monsieur âgé, qui devait se sentir un peu perdu dans cette métaphysique, se résolut à prendre la parole. Il dit d'une voix lente et assurée :

« Je n'arrive pas à comprendre ce que sont exactement ces archétypes platoniciens. Qui peut se rappeler la première fois qu'il a vu la couleur jaune ou le noir, ou la première fois qu'il a discerné le goût d'un fruit car il était alors sans doute très jeune et il ne pouvait savoir qu'il inaugurait là une très longue série. Il y a certes des fois premières que personne n'oublie.

Yo les podría contar lo que me dejó cierta noche que suelo traer a la memoria, la del treinta de abril del 74.

Los veraneos de antes eran más largos, pero no sé por qué nos demoramos hasta esa fecha en el establecimiento de unos primos, los Dorna, a unas escasas leguas de Lobos. Por aquel tiempo, uno de los peones, Rufino, me inició en las cosas de campo. Yo estaba por cumplir mis trece años; él era bastante mayor y tenía fama de animoso. Era muy diestro; cuando jugaban a vistear el que quedaba con la cara tiznada era siempre el otro. Un viernes me propuso que el sábado a la noche fuéramos a divertirnos al pueblo. Por supuesto accedí, sin saber muy bien de qué se trataba. Le previne que yo no sabía bailar; me contestó que el baile se aprende fácil. Después de la comida, a eso de las siete y media, salimos. Rufino se había empilchado como quien va a una fiesta y lucía un puñal de plata; yo me fui sin mi cuchillo, por temor a las bromas. Poco tardamos en avistar las primeras casas. ¿Ustedes nunca estuvieron en Lobos? Lo mismo da; no hay un pueblo de la provincia que no sea idéntico a los otros, hasta en lo de creerse distinto. Los mismos callejones de tierra, los mismos huecos, las mismas casas bajas, como para que un hombre a caballo cobre más importancia. En una esquina nos apeamos frente a una casa pintada de celeste o de rosa, con unas letras que decían La Estrella.

Je pourrais vous raconter le souvenir que je garde
d'une certaine nuit à laquelle je repense souvent, la
nuit du 30 avril 1874.

Les vacances jadis étaient plus longues qu'aujour-
d'hui, mais je ne sais pourquoi nous nous étions
attardés jusqu'à cette date dans la propriété de nos
cousins, les Dorna, à quelques kilomètres de Lobos. A
cette époque, l'un des péons, Rufino, m'initiait aux
choses de la campagne. J'allais sur mes treize ans; il
était, lui, nettement plus âgé et il avait la réputation
d'être un garçon plein d'allant. Il était adroit; quand
on jouait à se battre avec des bâtons durcis au feu,
c'était toujours son adversaire qui se retrouvait avec le
visage noirci. Un vendredi, il me proposa d'aller le
lendemain soir nous distraire au village. J'acceptai,
bien entendu, sans savoir très bien de quoi il s'agissait.
Je le prévins que je ne savais pas danser; il me
répondit que la danse s'apprend facilement. Après le
repas, vers sept heures et demie, nous sortîmes. Rufino
était tiré à quatre épingles comme pour aller à une fête
et il arborait un poignard en argent; quant à moi, je
n'avais pas emporté mon couteau par crainte des
plaisanteries. Nous ne tardâmes pas à apercevoir les
premières maisons. Vous n'avez jamais mis les pieds à
Lobos? Peu importe; il n'y a pas un village de la
province qui ne soit identique aux autres, jusque dans
le fait de se croire différent. Mêmes rues de terre
battue, mêmes ornières, mêmes maisons basses,
comme pour donner plus d'importance à un homme à
cheval. A un coin de rue, nous avons mis pied à terre
devant une maison peinte en bleu clair ou en rose,
portant cette inscription : L'Étoile.

Atados al palenque había unos caballos con buen apero. Por la puerta de calle a medio entornar vi una hendija de luz. En el fondo del zaguán había una pieza larga, con bancos laterales de tabla y, entre los bancos, unas puertas oscuras que darían quién sabe dónde. Un cuzco de pelaje amarillo salió ladrando a hacerme fiestas. Había bastante gente; una media docena de mujeres con batones floreados iba y venía. Una señora de respeto, trajeada enteramente de negro, me pareció la dueña de casa. Rufino la saludó y le dijo :

—Aquí le traigo un nuevo amigo, que no es muy de a caballo.

—Ya aprenderá, pierda cuidado —contestó la señora.

Sentí vergüenza. Para despistar o para que vieran que yo era un chico, me puse a jugar con el perro, en la punta de un banco. Sobre la mesa de cocina ardían unas velas de sebo en unas botellas y me acuerdo también del braserito en un rincón del fondo. En la pared blanqueada de enfrente había una imagen de la Virgen de la Merced.

Alguien, entre una que otra broma, templaba una guitarra que le daba mucho trabajo. De puro tímido no rehusé una ginebra que me dejó la boca como un ascua. Entre las mujeres había una, que me pareció distinta a las otras. Le decían la Cautiva. Algo de aindiado le noté, pero los rasgos eran un dibujo y los ojos muy tristes. La trenza le llegaba hasta la cintura. Rufino, que advirtió que yo la miraba, le dijo :

Attachés au piquet, il y avait plusieurs chevaux bien harnachés. La porte d'entrée, entrouverte, laissait passer un rai de lumière. Au fond du vestibule il y avait une grande pièce, avec des bancs de bois le long des murs et, entre les bancs, des portes sombres qui donnaient sur Dieu sait quoi. Un petit roquet à poil jaune vint en aboyant me faire fête. Il y avait pas mal de monde ; une demi-douzaine de femmes allaient et venaient en peignoirs à fleurs. Une dame respectable, entièrement vêtue de noir, me parut être la maîtresse de maison. Rufino la salua et lui dit :

— Je vous amène un nouvel ami, qui ne sait pas encore bien monter.

— Il apprendra vite, soyez sans crainte, répondit la dame.

Je me sentis gêné. Pour détourner l'attention ou pour qu'on voie que j'étais un enfant, je me mis à jouer avec le chien, à l'extrémité de l'un des bancs. Des chandelles étaient allumées, fichées dans des bouteilles, sur une table de cuisine et je me souviens aussi d'un petit brasero dans un coin au fond de la pièce. Sur le mur blanchi à la chaux, en face de moi, il y avait une gravure représentant la Vierge de la Miséricorde.

Quelqu'un, entre deux plaisanteries, grattait une guitare, maladroitement. La timidité m'empêcha de refuser un verre de genièvre qui me mit la bouche en feu. Parmi les femmes il y en avait une qui me parut différente des autres. On l'appelait la Captive. Je lui trouvai un peu l'air d'une Indienne, mais ses traits étaient beaux comme un dessin et ses yeux très tristes. La tresse de ses cheveux lui arrivait à la ceinture. Rufino, qui s'aperçut que je la regardais, lui dit :

—Volvé a contar lo del malón, para refrescar la memoria.

La muchacha habló como si estuviera sola y de algún modo yo sentí que no podía pensar en otra cosa y que esa cosa era lo único que le había pasado en la vida. Nos dijo así :

—Cuando me trajeron de Catamarca yo era muy chica. Qué iba yo a saber de malones. En la estancia ni los mentaban de miedo. Como un secreto, me fui enterando que los indios podían caer como una nube y matar a la gente y robarse los animales. A las mujeres las llevaban a Tierra Adentro y les hacían de todo. Hice lo que pude para no creer. Lucas mi hermano, que después lo lancearon, me perjuraba que eran todas mentiras, pero cuando una cosa es verdad basta que alguien la diga una sola vez para que uno sepa que es cierto. El gobierno les reparte vicios y yerba para tenerlos quietos, pero ellos tienen brujos muy precavidos que les dan su consejo. A una orden del cacique no les cuesta nada atropellar entre los fortines, que están desparramados. De puro cavilar, yo casi tenía ganas que se vinieran y sabía mirar para el rumbo que el sol se pone. No sé llevar la cuenta del tiempo, pero hubo escarchas y veranos y yerras y la muerte del hijo del capataz antes de la invasión. Fue como si los trajera el pampero. Yo vi una flor de cardo en una zanja y soñé con los indios. A la madrugada ocurrió. Los animales lo supieron antes que los cristianos, como en los temblores de tierra.

— Raconte encore l'histoire de l'attaque des Indiens, pour nous rafraîchir la mémoire.

La jeune fille se mit à parler comme si elle était seule et je compris d'une certaine façon qu'elle ne pouvait penser à rien d'autre et que ce qu'elle nous racontait là était la seule chose qui lui fût jamais arrivée dans la vie. Elle nous dit ceci :

— Quand on m'amena de Catamarca, j'étais très petite. Qu'est-ce que je pouvais savoir des attaques d'Indiens ? Dans l'*estancia*, on n'en parlait même pas, par peur. J'ai su peu à peu, comme un secret, que les Indiens pouvaient venir comme un orage, tuer les gens et voler les animaux. Ils emportaient les femmes à l'intérieur des terres et ils abusaient d'elles. Je me suis entêtée à ne pas le croire. Lucas, mon frère, qui fut par la suite tué à coups de lance, m'assurait que ce n'était que mensonges, mais quand une chose est vraie il suffit que quelqu'un la dise une seule fois pour qu'on sache aussitôt que c'est la vérité. Le gouvernement leur distribue de l'alcool, du tabac et du maté pour qu'ils se tiennent tranquilles, mais ils ont leurs sorciers très malins qui les conseillent. Sur un ordre du cacique, ils n'hésitent pas à foncer entre les fortins dispersés. A force d'y penser, j'avais presque envie qu'ils viennent et je ne cessais de regarder du côté où le soleil se couche. Je ne sais pas mesurer le temps qui passe, mais il y a eu des gelées et des étés, et des marquages de bétail et la mort du fils du contremaître avant que ne se produise l'invasion. C'était comme si le vent de la pampa les apportait. Moi j'avais vu une fleur de chardon et j'avais rêvé des Indiens. Cela s'est passé à l'aube. Les animaux l'ont su avant les gens, comme pour les tremblements de terre.

La hacienda estaba desasosegada y por el aire iban y venían las aves. Corrimos a mirar por el lado que yo siempre miraba.

—¿Quién les trajo el aviso? — preguntó alguno.

La muchacha, siempre como si estuviera muy lejos, repitió la última frase.

—Corrimos a mirar por el lado que yo siempre miraba. Era como si todo el desierto se hubiera echado a andar. Por los barrotes de la verja de fierro vimos la polvareda antes que los indios. Venían a malón. Se golpeaban la boca con la mano y daban alaridos. En Santa Irene había unas armas largas, que no sirvieron más que para aturdir y para que juntaran más rabia.

Hablaba la Cautiva como quien dice una oración, de memoria, pero yo oí en la calle los indios del desierto y los gritos. Un empellón y estaban en la sala y fue como si entraran a caballo, en las piezas de un sueño. Eran orilleros borrachos. Ahora, en la memoria, los veo muy altos. El que venía en punta le asestó un codazo a Rufino, que estaba cerca de la puerta. Este se demudó y se hizo a un lado. La señora, que no se había movido de su lugar, se levantó y nos dijo :

—Es Juan Moreira.

Pasado el tiempo, ya no sé si me acuerdo del hombre de esa noche o del que vería tantas veces después en el picadero. Pienso en la melena y en la barba negra de Podestá, pero también en una cara rubiona, picada de viruela.

Le bétail était inquiet et les oiseaux passaient et repassaient dans l'air. Nous avons couru regarder du côté où je regardais toujours.

— Qui les a prévenus ? demanda quelqu'un.

La jeune fille, toujours comme si elle était très loin, répéta sa dernière phrase.

— Nous avons couru regarder du côté où je regardais toujours. On aurait dit que tout le désert s'était mis à marcher. A travers les barreaux de fer de la grille nous avons vu le nuage de poussière avant de voir les Indiens. Ils venaient nous attaquer. Ils tapaient sur leur bouche avec la main et poussaient de grands cris. A Santa Irene il y avait quelques longs fusils qui n'ont servi qu'à faire du bruit et à les exciter encore plus.

La Captive parlait comme on récite une prière, de mémoire, mais moi j'avais entendu dans la rue les Indiens du désert et leurs cris. Brusquement ils furent dans la pièce et ce fut comme s'ils entraient à cheval dans les chambres d'un rêve. C'était une bande d'ivrognes. Aujourd'hui, quand j'évoque la scène, je les vois très grands. Celui qui marchait en tête donna un coup de coude à Rufino, qui se trouvait près de la porte. Celui-ci pâlit et s'écarta. La dame, qui n'avait pas bougé de sa place, se leva et nous dit :

— C'est Juan Moreira[1].

Avec le temps, je ne sais plus si je me rappelle l'homme de cette nuit ou celui que je devais voir plus tard si souvent aux combats de coqs. Je pense à la tignasse et à la barbe noire de Podesta, mais aussi à un visage rouquin, grêlé de petite vérole.

---

1. Héros d'un célèbre feuilleton policier de Eduardo Gutierrez et du drame lui aussi intitulé *Juan Moreira,* représenté par la compagnie théâtrale des frères Podestá.

El cuzquito salió corriendo a hacerle fiestas. De un talerazo, Moreira lo dejó tendido en el suelo. Cayó de lomo y se murió moviendo las patas. Aquí empieza de veras la historia.

Gané sin ruido una de las puertas, que daba a un pasillo angosto y a una escalera. Arriba, me escondí en una pieza oscura. Fuera de la cama, que era muy baja, no sé qué muebles habría ahí. Yo estaba temblando. Abajo no cejaban los gritos y algo de vidrio se rompió. Oí unos pasos de mujer que subían y vi una momentánea hendija de luz. Después la voz de la Cautiva me llamó como en un susurro.

—Yo estoy aquí para servir, pero a gente de paz. Acércate que no te voy a hacer ningún mal.

Ya se había quitado el batón. Me tendí a su lado y le busqué la cara con las manos. No sé cuánto tiempo pasó. No hubo una palabra ni un beso. Le deshice la trenza y jugué con el pelo, que era muy lacio, y después con ella. No volveríamos a vernos y no supe nunca su nombre.

Un balazo nos aturdió. La Cautiva me dijo :

—Podés salir por la otra escalera.

Así lo hice y me encontré en la calle de tierra. La noche era de luna. Un sargento de policía, con rifle y bayoneta calada, estaba vigilando la tapia. Se rió y me dijo :

—A lo que veo, sos de los que madrugan temprano.

Algo debí de contestar, pero no me hizo caso. Por la tapia un hombre se descolgaba.

1   Jorge Luis Borges, au centre du labyrinthe.
Paris, 1978.

« Pas de commencement possible à
Buenos Aires.
Je le sens éternel comme l'eau,
comme l'air. »

2, 3, 4 Buenos Aires : la Bibliothèque nationale, vue du bureau
directorial de Borges ; le Rio de la
Plata et le Tigre Hotel où Borges
aimait séjourner ; la Plaza San Martin, centre symbolique de la ville
pour Borges.   4

3

« Je profitai d'une inattention des employés pour oublier le livre de sable sur l'un des rayons humides. J'essayai de ne pas regarder à quelle hauteur ni à quelle distance de la porte. »
(Le livre de sable)

5, 6, 7 Images de Borges à la Bibliothèque nationale de Buenos Aires, extraites du film réalisé par Luis Angel Bellaba en 1966.

8, 9 « Aucune de ces métaphores ne peut m'aider à évoquer cette longue nuit de jubilation qui nous mena, épuisés et heureux, jusqu'aux abords de l'aube. Nous parlâmes à peine tandis que les roues et les sabots résonnaient sur les pavés. » *(Le Congrès)*

10 « C'était une maison basse et rectangulaire, entourée d'arbres. L'homme qui m'ouvrit la porte était si grand qu'il me fit presque peur. Il était vêtu de gris. J'eus l'impression qu'il attendait quelqu'un. Il n'y avait pas de serrure à la porte. » *(Utopie d'un homme qui est fatigué)*

Photographies d'Horacio Coppola, 1936, extraites de *Viejos Buenos Aires Adios.*

11

Trois photographies extraites de *Atlas*, ouvrage de Borges en collaboration avec Maria Kodama : « Qu'était un atlas pour nous Borges ? Un prétexte pour entrelacer dans la trame du temps nos rêves faits de l'âme du monde. »

11 « Il y a toujours eu des tigres dans ma vie.
12 « Voici le labyrinthe de Crète dont le centre fut le minotaure. »
Borges dans le Palais de Cnossos.

13 Pèlerinage à Majorque où Borges connut ses premières expériences poétiques.

12

Voyage en Sicile, 1984. Palerme, la glorieuse capitale, rappelle à Borges le modeste quartier Palermo de Buenos Aires où il passa son adolescence.

14 Borges à la Villa Palagonia, Bagheria.

15 Borges dans la compagnie des dieux de l'Antiquité, au musée de Palerme.

16

17

16 Borges dans le jardin de la Villa Palagonia,
Bagheria.

17   « Le miroir
        Comme un clair de lune dans la pénombre. »
Borges, dos au miroir, dans le salon Art Nouveau
de Villa Igiea à Palerme.

18   « Avant que Caillois me fasse connaître en France, j'étais invisible ; maintenant on me voit trop, beaucoup trop. » Borges et Roger Caillois lors d'une conférence au Centre Georges Pompidou, Paris, octobre 1977.

19   La reconnaissance tardive... Borges reçoit le titre de Docteur Honoris Causa de la Sorbonne, avril 1978.

20 « Son air de paisible mystère m'impressionna moins que les traits de son visage. Elle avait le sourire facile et ce sourire semblait la rendre plus lointaine. » *(Ulrica)* Borges et Maria Kodama à Paris, 1980.

Crédits photographiques

1, 18, 20 Pepe Fernandez. 2, 3, 4 Guillermo Vilela. 5, 6, 7 Centre Culturel Argentin, Paris. 8, 9, 10 Horacio Coppola-D.R. 11, 12, 13 Maria Kodama. 14, 15, 16, 17, *Couverture* F. Scianna-Magnum. 19 F. Le Diascorn-Rapho.

Le petit chien bondit joyeusement à sa rencontre. D'un coup de cravache Moreira l'envoya rouler au sol. Il tomba sur le dos et mourut en agitant ses pattes. C'est ici que commence pour de bon mon histoire.

Je gagnai sans bruit l'une des portes ; elle donnait sur un couloir étroit et un escalier. En haut, je me cachai dans une pièce obscure. En dehors du lit, qui était très bas, je ne sais quels autres meubles il pouvait y avoir. J'étais tout tremblant. En bas, les cris ne diminuaient pas et un bruit de verre brisé me parvint. J'entendis des pas de femme qui montaient et je vis une brève lumière. Puis la voix de la Captive m'appela comme dans un murmure.

— Moi je suis ici pour servir, mais seulement à des gens de paix. Approche-toi, je ne te ferai aucun mal.

Elle avait déjà ôté son peignoir. Je m'allongeai près d'elle et cherchai son visage avec mes mains. Je ne sais combien de temps passa. Il n'y eut pas un mot ni un baiser. Je lui défis sa tresse et jouai avec ses cheveux, qui étaient très lisses, et ensuite avec elle. Nous ne devions plus nous revoir et je ne sus jamais son nom.

Une détonation nous fit sursauter. La Captive me dit :

— Tu peux sortir par l'autre escalier.

C'est ce que je fis, et je me retrouvai dans la rue en terre battue. Il y avait clair de lune. Un sergent de la police, avec un fusil, la baïonnette au canon, surveillait le mur. Il rit et me dit :

— A ce que je vois, tu es de ceux qui se lèvent de bonne heure.

Je dus répondre quelque chose, mais il n'y prêta pas attention. Le long du mur un homme se laissait glisser.

De un brinco, el sargento le clavó el acero en la carne.
El hombre se fue al suelo, donde quedó tendido de
espaldas, gimiendo y desangrándose. Yo me acordé del
perro. El sargento, para acabarlo de una buena vez, le
volvió a hundir la bayoneta. Con una suerte de alegría
le dijo :

—Moreira, lo que es hoy de nada te valió disparar.

De todos lados acudieron los de uniforme que
habían ido rodeando la casa y después los vecinos.
Andrés Chirino tuvo que forcejear para arrancar el
arma. Todos querían estrecharle la mano. Rufino dijo
riéndose :

—A este compadre ya se le acabaron los cortes.

Yo iba de grupo en grupo, contándole a la gente lo
que había visto. De golpe me sentí muy cansado ; tal
vez tuviera fiebre. Me escurrí, lo busqué a Rufino y
volvimos. Desde el caballo, vimos la luz blanca del
alba. Más que cansado, me sentí aturdido, por esa
correntada de cosas. »

—Por el gran río de esa noche — dijo mi padre.

El otro asintió.

—Así es. En el término escaso de unas horas yo
había conocido el amor y yo había mirado la muerte. A
todos los hombres le son reveladas todas las cosas o,
por lo menos, todas aquellas cosas que a un hombre le
es dado conocer, pero a mí, de la noche a la mañana,
esas dos cosas esenciales me fueron reveladas.

D'un bond, le sergent lui cloua sa lame d'acier dans le corps. L'homme roula au sol où il resta étendu sur le dos, gémissant et perdant son sang. Je me souvins du petit chien. Le sergent, pour l'achever une bonne fois, lui redonna un coup de baïonnette. Avec une sorte d'éclat de joie, il lui lança :

— Aujourd'hui, Morcira, ça t'aura servi à rien de prendre la fuite.

De tous côtés accoururent les hommes en uniforme qui avaient cerné la maison, puis vinrent les voisins. Andrés Chirino eut du mal à extraire l'arme du corps. Tous voulaient lui serrer la main. Rufino dit en riant :

— Il a fini de crâner, ce dur !

J'allais de groupe en groupe, racontant aux gens ce que j'avais vu. Soudain, je me sentis très fatigué ; peut-être avais-je de la fièvre. Je m'éclipsai, j'allai chercher Rufino et nous rentrâmes. Nous chevauchions encore quand nous aperçûmes les blancheurs de l'aube. Plus que fatigué, je me sentais étourdi par un tel flot d'événements. »

— Par le grand fleuve de cette nuit-là, dit mon père.

L'autre acquiesça :

— C'est vrai. Dans le bref espace de quelques heures j'avais connu l'amour et j'avais vu la mort. A tous les hommes il arrive que toute chose soit révélée ou, du moins, tout ce qu'il est donné à un homme de connaître, mais moi, c'est du jour au lendemain que ces deux choses essentielles me furent révélées.

Los años pasan y son tantas las veces que he contado la historia que ya no sé si la recuerdo de veras o si sólo recuerdo las palabras con que la cuento. Tal vez lo mismo le pasó a la Cautiva con su malón. Ahora lo mismo da que fuera yo o que fuera otro el que vio matar a Moreira.

Les années passent, et j'ai si souvent raconté cette histoire que je ne sais plus très bien si c'est d'elle que je me souviens ou seulement des paroles avec lesquelles je la raconte. Peut-être en va-t-il de même pour la Captive avec son récit d'Indiens. Maintenant peu importe que ce soit moi ou un autre qui ait vu tuer Moreira.

El espejo y la máscara
Le miroir et le masque

Librada la batalla de Clontarf, en la que fue humillado el noruego, el Alto Rey habló con el poeta y le dijo :

—Las proezas más claras pierden su lustre si no se las amoneda en palabras. Quiero que cantes mi victoria y mi loa. Yo seré Eneas ; tú serás mi Virgilio. ¿ Te crees capaz de acometer esa empresa, que nos hará inmortales a los dos ?

—Sí, Rey —dijo el poeta—. Yo soy el Ollan. Durante doce inviernos he cursado las disciplinas de la métrica. Sé de memoria las trescientas sesenta fábulas que son la base de la verdadera poesía. Los ciclos de Ulster y de Munster están en las cuerdas de mi arpa. Las leyes me autorizan a prodigar las voces más arcaicas del idioma y las más complejas metáforas. Domino la escritura secreta que defiende nuestro arte del indiscreto examen del vulgo. Puedo celebrar los amores, los abigeatos, las navegaciones, las guerras.

Après la bataille de Clontarf, où l'ennemi norvégien connut la honte de la défaite, le Grand Roi parla ainsi au poète :

— Les exploits les plus éclatants perdent leur lustre si on ne les coule pas dans le bronze des mots. Je veux que tu chantes ma victoire et mes louanges. Je serai Énée ; tu seras mon Virgile. Te sens-tu capable d'entreprendre cette œuvre qui nous rendra tous les deux immortels ?

— Oui, mon Roi, dit le poète. Je suis le grand Ollan. J'ai passé douze hivers à étudier l'art de la métrique. Je sais par cœur les trois cent soixante fables sur lesquelles se fonde la véritable poésie. Les cycles d'Ulster et de Munster sont dans les cordes de ma harpe. Les règles m'autorisent à user des mots les plus archaïques du langage et des métaphores les plus subtiles. Je connais les arcanes de l'écriture secrète qui permet à notre art d'échapper aux indiscrètes investigations du commun des mortels. Je peux célébrer les amours, les vols de bétail, les périples, les guerres.

Conozco los linajes mitológicos de todas las casas reales de Irlanda. Poseo las virtudes de las hierbas, la astrología judiciaria, las matemáticas y el derecho canónico. He derrotado en público certamen a mis rivales. Me he adiestrado en la sátira, que causa enfermedades de la piel, incluso la lepra. Sé manejar la espada, como lo probé en tu batalla. Sólo una cosa ignoro : la de agradecer el don que me haces.

El Rey, a quien lo fatigaban fácilmente los discursos largos y ajenos, le dijo con alivio :

—Sé harto bien esas cosas. Acaban de decirme que el ruiseñor ya cantó en Inglaterra. Cuando pasen las lluvias y las nieves, cuando regrese el ruiseñor de sus tierras del Sur, recitarás tu loa ante la corte y ante el Colegio de Poetas. Te dejo un año entero. Limarás cada letra y cada palabra. La recompensa, ya lo sabes, no será indigna de mi real costumbre ni de tus inspiradas vigilias.

—Rey, la mejor recompensa es ver tu rostro —dijo el poeta, que era también un cortesano.

Hizo sus reverencias y se fue, ya entreviendo algún verso.

Cumplido el plazo, que fue de epidemias y rebeliones, presentó el panegírico. Lo declamó con lenta seguridad, sin una ojeada al manuscrito. El Rey lo iba aprobando con la cabeza. Todos imitaban su gesto, hasta los que agolpados en las puertas, no descifraban una palabra. Al fin el Rey habló.

Je connais les ascendances mythologiques de toutes les maisons royales d'Irlande. Je sais les vertus des herbes, l'astrologie justiciaire, les mathématiques et le droit canon. Aux joutes oratoires, j'ai battu mes rivaux. Je me suis exercé à la satire, qui provoque des maladies de peau, et même la lèpre. Je sais manier l'épée, comme je l'ai prouvé en combattant pour toi. Il n'y a qu'une chose que je ne sache faire, c'est te remercier assez du don que tu me fais.

Le Roi, que fatiguaient facilement les longs discours prononcés par d'autres que lui-même, répondit avec soulagement :

— Je sais parfaitement tout cela. On vient de m'apprendre que le rossignol a déjà chanté en Angleterre. Quand auront passé les pluies et les neiges, quand le rossignol sera revenu de ses terres du Sud, tu réciteras ton poème à ma louange devant la cour et le Collège des Poètes. Je te donne une année entière. Tu cisèleras chaque syllabe et chaque mot. La récompense, tu le sais, ne sera pas indigne de mes façons royales ni de tes veilles inspirées.

— O Roi, la meilleure récompense est de contempler ton visage, dit le poète qui était aussi un courtisan.

Il fit ses révérences et il s'en fut, en ébauchant déjà quelque strophe.

Le délai expiré, qui compta épidémies et révoltes, le poète présenta son panégyrique. Il le déclama avec une sûre lenteur, sans un coup d'œil au manuscrit. Le Roi l'approuvait d'un hochement de tête. Tous imitaient son geste, même ceux qui, massés aux portes, ne pouvaient entendre le moindre mot. Quand le poète se tut, le Roi parla.

—Acepto tu labor. Es otra victoria. Has atribuido a cada vocablo su genuina acepción y a cada nombre sustantivo el epíteto que le dieron los primeros poetas. No hay en toda la loa una sola imagen que no hayan usado los clásicos. La guerra es el hermoso tejido de hombres y el agua de la espada es la sangre. El mar tiene su dios y las nubes predicen el porvenir. Has manejado con destreza la rima, la aliteración, la asonancia, las cantidades, los artificios de la docta retórica, la sabia alteración de los metros. Si se perdiera toda la literatura de Irlanda —*omen absit*— podría reconstruirse sin pérdida con tu clásica oda. Treinta escribas la van a transcribir dos veces.

Hubo un silencio y prosiguió.

—Todo está bien y sin embargo nada ha pasado. En los pulsos no corre más a prisa la sangre. Las manos no han buscado los arcos. Nadie ha palidecido. Nadie profirió un grito de batalla, nadie opuso el pecho a los vikings. Dentro del término de un año aplaudiremos otra loa, poeta. Como signo de nuestra aprobación, toma este espejo que es de plata.

—Doy gracias y comprendo —dijo el poeta.

Las estrellas del cielo retomaron su claro derrotero. Otra vez cantó el ruiseñor en las selvas sajonas y el poeta retornó con su códice, menos largo que el anterior. No lo repitió de memoria; lo leyó con visible inseguridad, omitiendo ciertos pasajes, como si él mismo no los entendiera del todo o no quisiera profanarlos. La página era extraña. No era una descripción de la batalla, era la batalla.

— Ton œuvre mérite mon suffrage. C'est une autre victoire. Tu as donné à chaque mot son sens véritable et à chaque substantif l'épithète que lui donnèrent les premiers poètes. Il n'y a pas dans tout ce poème une seule image que les classiques n'aient employée. La guerre est un beau tissu d'hommes et le sang l'eau de l'épée. La mer a son dieu et les nuages prédisent l'avenir. Tu as manié avec adresse la rime, l'allitéra-tion, l'assonance, les nombres, les artifices de la plus docte rhétorique, la savante alternance des mètres. Si toute la littérature de l'Irlande venait à se perdre — *omen absit* — on pourrait la reconstituer sans en rien perdre avec ton ode classique. Trente scribes vont la retranscrire douze fois.

Après un silence, il reprit :

— Tout cela est bien et pourtant rien ne s'est produit. Dans nos artères le sang ne bat pas plus vite. Nos mains n'ont pas cherché à saisir les arcs. Personne n'a pâli. Personne n'a poussé un cri de guerre, personne n'est allé affronter les Vikings. Dans un délai d'un an nous applaudirons un autre poème à ma louange, ô poète. En témoignage de notre satisfaction, reçois ce miroir qui est d'argent.

— Je te rends grâce et je comprends, dit le poète.

Les étoiles du ciel reprirent leurs chemins de lumière. Le rossignol de nouveau chanta dans les forêts saxonnes et le poète revint avec son manuscrit, moins long que le précédent. Il ne le récita pas de mémoire ; il le lut avec un manque visible d'assurance, omettant certains passages, comme si lui-même ne les comprenait pas entièrement ou qu'il ne voulût pas les profaner. Le texte était étrange. Ce n'était pas une description de la bataille, c'était la bataille.

En su desorden bélico se agitaban el Dios que es Tres y es Uno, los númenes paganos de Irlanda y los que guerrearían, centenares de años después, en el principio de la Edda Mayor. La forma no era menos curiosa. Un sustantivo singular podía regir un verbo plural. Las preposiciones eran ajenas a las normas comunes. La aspereza alternaba con la dulzura. Las metáforas eran arbitrarias o así lo parecían.

El Rey cambió unas pocas palabras con los hombres de letras que lo rodeaban y habló de esta manera :

—De tu primera loa pude afirmar que era un feliz resumen de cuanto se ha cantado en Irlanda. Esta supera todo lo anterior y también lo aniquila. Suspende, maravilla y deslumbra. No la merecerán los ignaros, pero sí los doctos, los menos. Un cofre de marfil será la custodia del único ejemplar. De la pluma que ha producido obra tan eminente podemos esperar todavía una obra más alta.

Agregó con una sonrisa :

—Somos figuras de una fábula y es justo recordar que en las fábulas prima el número tres.

El poeta se atrevió a murmurar :

—Los tres dones del hechicero, las tríadas y la indudable Trinidad.

El Rey prosiguió :

—Como prenda de nuestra aprobación, toma esta máscara de oro.

—Doy gracias y he entendido —dijo el poeta.

Dans son désordre belliqueux s'agitaient le Dieu qui est Trois en Un, les divinités païennes d'Irlande et tous ceux qui devaient guerroyer des siècles plus tard, au début de l'Edda Majeure. La forme n'en était pas moins surprenante. Un substantif au singulier était sujet d'un verbe au pluriel. Les prépositions échappaient aux normes habituelles. L'âpreté alternait avec la douceur. Les métaphores étaient arbitraires ou semblaient telles.

Le Roi échangea quelques mots avec les hommes de lettres qui l'entouraient et parla ainsi :

— De ton premier poème, j'ai dit à juste titre qu'il était une parfaite somme de tout ce qui avait été jusque-là composé en Irlande. Celui-ci dépasse tout ce qui l'a précédé et en même temps l'annule. Il étonne, il émerveille, il éblouit. Il n'est pas fait pour les ignorants mais pour les doctes, en petit nombre. Un coffret d'ivoire en préservera l'unique exemplaire. De la plume qui a produit une œuvre aussi insigne nous pouvons attendre une œuvre encore plus sublime.

Il ajouta avec un sourire :

— Nous sommes les personnages d'une fable et n'oublions pas que dans les fables c'est le nombre trois qui fait la loi.

Le poète se risqua à murmurer :

— Les trois dons du magicien, les triades et l'indiscutable Trinité.

Le Roi reprit :

— Comme témoignage de notre satisfaction, reçois ce masque qui est en or.

— Je te rends grâce et j'ai compris, dit le poète.

El aniversario volvió. Los centinelas del palacio advirtieron que el poeta no traía un manuscrito. No sin estupor el Rey lo miró; casi era otro. Algo, que no era el tiempo, había surcado y transformado sus rasgos. Los ojos parecían mirar muy lejos o haber quedado ciegos. El poeta le rogó que hablara unas palabras con él. Los esclavos despejaron la cámara.

—¿No has ejecutado la oda? —preguntó el Rey.

—Sí —dijo tristemente el poeta—. Ojalá Cristo Nuestro Señor me lo hubiera prohibido.

—¿Puedes repetirla?

—No me atrevo.

—Yo te doy el valor que te hace falta —declaró el Rey.

El poeta dijo el poema. Era una sola línea.

Sin animarse a pronunciarla en voz alta, el poeta y su Rey la paladearon, como si fuera una plegaria secreta o una blasfemia. El Rey no estaba menos maravillado y menos maltrecho que el otro. Ambos se miraron, muy pálidos.

—En los años de mi juventud —dijo el Rey— navegué hacia el ocaso. En una isla vi lebreles de plata que daban muerte a jabalíes de oro. En otra nos alimentamos con la fragancia de las manzanas mágicas. En otra vi murallas de fuego. En la más lejana de todas un río abovedado y pendiente surcaba el cielo y por sus aguas iban peces y barcos. Estas son maravillas, pero no se comparan con tu poema, que de algún modo las encierra. ¿Qué hechicería te lo dio?

Une année passa. Au jour fixé, les sentinelles du palais remarquèrent que le poète n'apportait pas de manuscrit. Stupéfait, le Roi le considéra ; il semblait être un autre. Quelque chose, qui n'était pas le temps, avait marqué et transformé ses traits. Ses yeux semblaient regarder très loin ou être devenus aveugles. Le poète le pria de bien vouloir lui accorder un instant d'entretien. Les esclaves quittèrent la pièce.

— Tu n'as pas composé l'ode ? demanda le Roi.

— Si, dit tristement le poète. Plût au ciel que le Christ Notre-Seigneur m'en eût empêché !

— Peux-tu la réciter ?

— Je n'ose.

— Je vais te donner le courage qui te fait défaut, déclara le Roi.

Le poète récita l'ode. Elle consistait en une seule ligne.

Sans se risquer à la déclamer à haute voix, le poète et son Roi la murmurèrent comme s'il se fût agi d'une prière secrète ou d'un blasphème. Le Roi n'était pas moins émerveillé ni moins frappé que le poète. Tous deux se regardèrent, très pâles.

— Du temps de ma jeunesse, dit le Roi, j'ai navigué vers le Ponant. Dans une île, j'ai vu des lévriers d'argent qui mettaient à mort des sangliers d'or. Dans une autre, nous nous sommes nourris du seul parfum de pommes magiques. Dans une autre, j'ai vu des murailles de feu. Dans la plus lointaine de toutes un fleuve passant sous des voûtes traversait le ciel et ses eaux étaient sillonnées de poissons et de bateaux. Ce sont là des choses merveilleuses, mais on ne peut les comparer à ton poème, qui en quelque sorte les contient toutes. Par quel sortilège t'est-il venu ?

—En el alba —dijo el poeta— me recordé diciendo unas palabras que al principio no comprendí. Esas palabras son un poema. Sentí que había cometido un pecado, quizá el que no perdona el Espíritu.

—El que ahora compartimos los dos —el Rey musitó—. El de haber conocido la Belleza, que es un don vedado a los hombres. Ahora nos toca expiarlo. Te di un espejo y una máscara de oro; he aquí el tercer regalo que será el último.

Le puso en la diestra una daga.

Del poeta sabemos que se dio muerte al salir del palacio; del Rey, que es un mendigo que recorre los caminos de Irlanda, que fue su reino, y que no ha repetido nunca el poema.

— A l'aube, dit le poète, je me suis réveillé en prononçant des mots que je n'ai d'abord pas compris. Ces mots étaient un poème. J'ai eu l'impression d'avoir commis un péché, celui peut-être que l'Esprit ne pardonne point.

— Celui que désormais nous sommes deux à avoir commis, murmura le Roi. Celui d'avoir connu la Beauté, faveur interdite aux hommes. Maintenant il nous faut l'expier. Je t'ai donné un miroir et un masque d'or; voici mon troisième présent qui sera le dernier.

Il lui mit une dague dans la main droite.

Pour ce qui est du poète nous savons qu'il se donna la mort au sortir du palais; du Roi nous savons qu'il est aujourd'hui un mendiant parcourant les routes de cette Irlande qui fut son royaume, et qu'il n'a jamais redit le poème.

Undr

Undr

Debo prevenir al lector que las páginas que traslado se buscarán en vano en el *Libellus* (1615) de Adán de Bremen, que, según se sabe, nació y murió en el siglo once. Lappenberg las halló en un manuscrito de la Bodleiana de Oxford y las juzgó, dado el acopio de pormenores circunstanciales, una tardía interpolación, pero las publicó, a título de curiosidad en sus *Analecta Germanica* (Leipzig, 1894). El parecer de un mero aficionado argentino vale muy poco; júzguelas el lector como quiera. Mi versión española no es literal, pero es digna de fe.

Escribe Adán de Bremen :

« ... De las naciones que lindan con el desierto que se dilata en la otra margen del Golfo, más allá de las tierras en que procrea el caballo salvaje, la más digna de mención es la de los urnos. La incierta o fabulosa informacíon de los mercaderes, lo azaroso del rumbo y las depredaciones de los nómadas, nunca me permitieron arribar a su territorio. Me consta, sin embargo, que sus precarias y apartadas aldeas quedan en las tierras bajas del Vístula.

Je dois prévenir le lecteur qu'on chercherait en vain les pages que je traduis ici dans le *Libellus* (1615) d'Adam de Brême qui, on le sait, naquit et mourut au onzième siècle. Lappenberg les trouva dans un manuscrit de la Bodléienne d'Oxford et il pensa qu'étant donné l'abondance de détails accessoires il s'agissait d'une interpolation tardive, mais il les a publiées à titre de curiosité dans ses *Analecta Germanica* (Leipzig, 1894). L'avis d'un simple amateur argentin compte peu ; le lecteur jugera par lui-même. Ma version espagnole n'est pas littérale, mais elle est digne de foi.

Voici ce qu'écrit Adam de Brême :

... « De tous les pays limitrophes du désert qui se déploie sur l'autre rive du Golfe, au-delà des terres où procrée le cheval sauvage, le plus remarquable est celui des Urniens. L'incertaine ou fabuleuse information donnée par les marchands, les risques du voyage et les déprédations des nomades firent que je ne pus jamais atteindre leur territoire. Je suis pourtant certain que leurs villages, précaires et isolés, se trouvent dans les basses terres de la Vistule.

A diferencia de los suecos, los urnos profesan la genuina fe de Jesús, no maculada de arrianismo ni del sangriento culto de los demonios, de los que derivan su estirpe las casas reales de Inglaterra y de otras naciones del Norte. Son pastores, barqueros, hechiceros, forjadores de espadas y trenzadores. Debido a la inclemencia de las guerras casi no aran la tierra. La llanura y las tribus que la recorren los han hecho muy diestros en el manejo del caballo y del arco. Siempre uno acaba por asemejarse a sus enemigos. Las lanzas son más largas que las nuestras, ya que son de jinetes y no de peones.

Desconocen, como es de suponer, el uso de la pluma, del cuerno de tinta y del pergamino. Graban sus caracteres como nuestros mayores las runas que Odín les reveló, después de haber pendido del fresno, Odín sacrificado a Odín, durante nueve noches.

A estas noticias generales agregaré la historia de mi diálogo con el islandés Ulf Sigurdarson, hombre de graves y medidas palabras. Nos encontramos en Uppsala, cerca del templo. El fuego de leña había muerto; por las desparejas hendijas de la pared fueron entrando el frío y el alba. Afuera dejarían su cautelosa marca en la nieve los lobos grises que devoran la carne de los paganos destinados a los tres dioses. Nuestro coloquio había comenzado en latín, como es de uso entre clérigos, pero no tardamos en pasar a la lengua del norte que se dilata desde la Ultima Thule hasta los mercados de Asia. El hombre dijo :

Contrairement aux Suédois, les Urniens professent une authentique foi en Jésus-Christ non entachée d'arianisme ni ternie par le culte sanguinaire des démons, desquels tirent leur origine les maisons royales d'Angleterre et des autres nations du Nord. Ils sont bergers, bateliers, magiciens, ils forgent des épées et tressent des nattes. A cause de l'inclémence des guerres, ils ne cultivent pratiquement pas la terre. La plaine et les tribus qui la parcourent les ont rendus très adroits au maniement du cheval et de l'arc. On finit toujours par ressembler à ses ennemis. Leurs lances sont plus longues que les nôtres, car elles sont faites pour des cavaliers et non pour la piétaille.

Ils ignorent, comme on peut s'en douter, l'usage de la plume, de la corne à encre et du parchemin. Ils gravent leurs caractères comme nos ancêtres les runes qu'Odin leur révéla après être resté pendu à un frêne — Odin sacrifié à Odin — durant neuf nuits.

A ces informations d'ordre général j'ajouterai la relation de mon entretien avec l'Islandais Ulf Sigurdarson, homme aux propos austères et mesurés. Nous nous rencontrâmes à Upsala, près du temple. Le feu de bois s'était éteint; les fentes entre les lattes disjointes de la paroi laissèrent pénétrer le froid et l'aube. Audehors sans doute devait-on voir sur la neige les traces prudentes des loups gris qui dévorent la chair des païens sacrifiés aux trois dieux. Notre conversation avait débuté en latin, comme il est d'usage entre clercs, mais nous ne tardâmes pas à passer à la langue nordique qui se pratique de la lointaine Thulé jusqu'aux marchés de l'Asie. L'homme déclara :

—Soy de estirpe de *Skalds*; me bastó saber que la poesía de los urnos consta de una sola palabra para emprender su busca y el derrotero que me conduciría a su tierra. No sin fatigas y trabajos llegué al cabo de un año. Era de noche; advertí que los hombres que se cruzaban en mi camino me miraban curiosamente y una que otra pedrada me alcanzó. Vi el resplandor de una herrería y entré.

El herrero me ofreció albergue por la noche. Se llamaba Orm. Su lengua era más o menos la nuestra. Cambiamos unas pocas palabras. De sus labios oí por primera vez el nombre del rey, que era Gunnlaug. Supe que librada la última guerra, miraba con recelo a los forasteros y que su hábito era crucificarlos. Para eludir ese destino, menos adecuado a un hombre que a un Dios, emprendí la escritura de un *drápa*, o composición laudatoria, que celebraba las victorias, la fama y la misericordia del rey. Apenas la aprendí de memoria vinieron a buscarme dos hombres. No quise entregarles mi espada, pero me dejé conducir.

Aún había estrellas en el alba. Atravesamos un espacio de tierra con chozas a los lados. Me habían hablado de pirámides; lo que vi en la primera de las plazas fue un poste de madera amarilla. Distinguí en una punta la figura negra de un pez. Orm, que nos había acompañado, me dijo que ese pez era la Palabra.

— Je suis de la race des *Skalds* [1], dès que j'ai su que
la poésie des Urniens se réduisait à un seul mot je me
suis mis à leur recherche et j'ai suivi la route qui devait
me mener jusqu'à leur pays. Non sans peine et fatigue,
j'y suis parvenu au bout d'une année. Il faisait nuit ; je
remarquai que les hommes que je croisais en chemin
me regardaient de façon étrange et certains me lancè-
rent même des pierres. J'aperçus le flamboiement
d'une forge et entrai.

Le forgeron m'offrit le gîte pour la nuit. Il s'appelait
Orm. La langue qu'il parlait ressemblait plus ou
moins à la nôtre. Nous échangeâmes quelques mots.
J'entendis de sa bouche prononcer pour la première
fois le nom du roi : Gunnlaug. J'appris que depuis la
fin de la dernière guerre, ce roi voyait d'un mauvais
œil les étrangers et qu'il avait l'habitude de les
crucifier. Pour éviter un pareil sort, qui convient moins
à un homme qu'à un Dieu, j'entrepris d'écrire une
drapa, ou dithyrambe qui célébrait les victoires, la
renommée et la magnanimité du roi. A peine la savais-
je par cœur que deux hommes vinrent me chercher. Je
me refusai à leur remettre mon épée, mais je me laissai
emmener.

Des étoiles brillaient encore dans l'aube. Nous
traversâmes un espace découvert, avec des masures de
part et d'autre. On m'avait parlé de pyramides ; ce que
je vis sur la première des places fut un poteau de bois
peint en jaune. J'aperçus à son sommet le dessin noir
d'un poisson. Orm, qui nous accompagnait, me dit
que ce poisson était la Parole.

En la siguiente plaza vi un poste rojo con un disco. Orm repitió que era la Palabra. Le pedí que me la dijera. Me dijo que era un simple artesano y que no la sabía.

En la tercera plaza, que fue la última, vi un poste pintado de negro, con un dibujo que he olvidado. En el fondo había una larga pared derecha, cuyos extremos no divisé. Comprobé después que era circular, techada de barro, sin puertas interiores, y que daba toda la vuelta de la ciudad. Los caballos atados al palenque eran de poca alzada y crinudos. Al herrero no lo dejaron entrar. Adentro había gente de armas, toda de pie. Gunnlaug, el rey, que estaba doliente, yacía con los ojos semi-cerrados en una suerte de tarima, sobre unos cueros de camello. Era un hombre gastado y amarillento, una cosa sagrada y casi olvidada; viejas y largas cicatrices le cruzaban el pecho. Uno de los soldados me abrió camino. Alguien había traído un harpa. Hincado, entoné en voz baja la *drápa*. No faltaban las figuras retóricas, las aliteraciones y los acentos que el género requiere. No sé si el rey la comprendió pero me dio un anillo de plata que guardo aún. Bajo la almohada pude entrever el filo de un puñal. A su derecha había un tablero de ajedrez, con un centenar de casillas y unas pocas piezas desordenadas.

Sur la place suivante je vis un poteau rouge avec un
cercle. Orm me dit de nouveau que c'était la Parole. Je
le priai de me la dire. Il se borna à me répondre qu'il
n'était qu'un modeste artisan et qu'il ne la connaissait
pas.

Sur la troisième place, qui fut la dernière, je vis un
poteau peint en noir, orné d'un dessin que j'ai oublié.
Dans le fond, il y avait un long mur droit dont je ne
pus distinguer les extrémités. Je constatai par la suite
qu'il était circulaire, qu'il avait un auvent de pisé mais
aucune porte et que ce mur faisait le tour de la ville.
Les chevaux attachés au piquet étaient de petite taille
et avaient de longues crinières. On ne laissa pas entrer
le forgeron. A l'intérieur, il y avait des gens en armes,
tous à pied. Gunnlaug, le roi, qui était souffrant, était
étendu, les yeux mi-clos, sur une sorte de lit de camp
recouvert de peaux de chameau. C'était un homme usé
au teint jaunâtre, un objet sacré et comme oublié ;
d'anciennes et larges cicatrices zébraient sa poitrine.
L'un des soldats me fraya un passage. On avait
apporté une harpe. Le genou à terre, j'entonnai à voix
basse la *drapa*. Elle abondait en figures de rhétorique,
avec les allitérations et les scansions que requiert un tel
genre. Je ne sais si le roi la comprit mais il me donna
un anneau d'argent que j'ai encore aujourd'hui. Je pus
entrevoir, sous le coussin où reposait sa tête, la lame
d'un poignard. Il avait à sa droite un échiquier d'une
centaine de cases où quelques pièces étaient posées en
désordre.

La guardia me empujó hacia el fondo. Un hombre tomó mi lugar, y lo hizo de pie. Pulsó las cuerdas como templándolas y repitió en voz baja la palabra que yo hubiera querido penetrar y no penetré. Alguien dijo con reverencia : *Ahora no quiere decir nada.*

Vi alguna lágrima. El hombre alzaba o alejaba la voz y los acordes casi iguales eran monótonos o, mejor aún, infinitos. Yo hubiera querido que el canto siguiera para siempre y fuera mi vida. Bruscamente cesó. Oí el ruido del harpa cuando el cantor, sin duda exhausto, la arrojó al suelo. Salimos en desorden. Fui de los últimos. Vi con asombro que la luz estaba declinando.

Caminé unos pasos. Una mano en el hombro me detuvo. Me dijo :

—La sortija del rey fue tu talismán, pero no tardarás en morir porque has oído la Palabra. Yo, Bjarni Thorkelsson, te salvaré. Soy de estirpe de *Skalds*. En tu ditirambo apodaste agua de la espada a la sangre y batalla de hombres a la batalla. Recuerdo haber oído esas figuras al padre de mi padre. Tú y yo somos poetas ; te salvaré. Ahora no definimos cada hecho que enciende nuestro canto, lo ciframos en una sola palabra que es la Palabra.

Le respondí :

—No pude oírla. Te pido que me digas cuál es.

Vaciló unos instantes y contestó :

—He jurado no revelarla. Además, nadie puede enseñar nada. Debes buscarla solo.

Les gardes me firent reculer au fond de la pièce. Un homme prit ma place et resta debout. Il pinça les cordes de la harpe comme pour les accorder et il répéta à voix basse la parole que j'aurais voulu comprendre et que je ne compris pas. Quelqu'un dit avec révérence : *Maintenant cela ne veut plus rien dire.*

Je vis couler quelques larmes. L'homme enflait ou assourdissait sa voix et les accords, presque identiques, étaient monotones ou, plutôt, infinis. J'aurais voulu que ce chant durât toujours et devînt ma vie. Brusquement il cessa. J'entendis le bruit que fit la harpe quand le chanteur, sans doute épuisé, la jeta à terre. Nous sortîmes en désordre. J'étais parmi les derniers. Je fus surpris de voir que la nuit tombait.

Je fis quelques pas. Une main me retint par l'épaule. On me dit :

— L'anneau du roi a été ton talisman mais tu ne tarderas pas à périr car tu as entendu la Parole. Moi, Bjarni Thorkelsson, je te sauverai. Je suis de la race des *Skalds*. Dans ton dithyrambe tu appelles le sang l'eau de l'épée et tissu d'hommes la bataille. Je me souviens d'avoir entendu le père de mon père employer ces mêmes images. Toi et moi sommes poètes ; je te sauverai. Maintenant nous ne cherchons plus à définir chacun des faits qui inspirent notre chant ; nous résumons tout en un seul mot qui est la Parole.

Je lui répondis :

— Je ne suis pas parvenu à l'entendre. Dis-la-moi, je t'en prie.

Il hésita un instant et reprit :

— J'ai juré de ne pas la révéler. D'ailleurs personne n'enseigne quoi que ce soit. Tu dois la chercher seul.

Apresurémonos, que tu vida corre peligro. Te esconderé en mi casa, donde no se atreverán a buscarte. Si el viento es favorable, navegarás mañana hacia el Sur.

Así tuvo principio la aventura que duraría tantos inviernos. No referiré sus azares ni trataré de recordar el orden cabal de sus inconstancias. Fui remero, mercader de esclavos, esclavo, leñador, salteador de caravanas, cantor, catador de aguas hondas y de metales. Padecí cautiverio durante un año en las minas de azogue, que aflojan los dientes. Milité con hombres de Suecia en la guardia de Mikligarthr (Constantinopla). A orillas del Azov me quiso una mujer que no olvidaré; la dejé o ella me dejó, lo cual es lo mismo. Fui traicionado y traicioné. Más de una vez el destino me hizo matar. Un soldado griego me desafió y me dio la elección de dos espadas. Una le llevaba un palmo a la otra. Comprendí que trataba de intimidarme y elegí la más corta. Me preguntó por qué. Le respondí que de mi puño a su corazón la distancia era igual. En una margen del Mar Negro está el epitafio rúnico que grabé para mi compañero Leif Arnarson. He combatido con los Hombres Azules de Serkland, los sarracenos. En el curso del tiempo he sido muchos, pero ese torbellino fue un largo sueño. Lo esencial era la Palabra. Alguna vez descreí de ella.

Hâtons-nous, car ta vie est en danger. Je te cacherai dans ma maison, où l'on n'osera pas venir te prendre. Si les vents sont favorables, tu t'embarqueras demain matin en direction du Sud.

C'est ainsi que commença une aventure qui allait durer tant d'hivers [1]. Je ne raconterai pas ses vicissitudes et n'essaierai pas de me rappeler l'ordre logique de ses péripéties. Je fus tour à tour rameur, marchand d'esclaves, bûcheron, détrousseur de caravanes, chanteur, sourcier, prospecteur de minerais. Je fus aux travaux forcés pendant un an dans des mines de mercure, où l'on perd ses dents. Je pris du service avec des hommes venus de Suède dans la garde de Mikligarthr (Constantinople). Au bord de la mer d'Azov, je fus aimé par une femme que je n'oublierai pas ; je la quittai, ou elle me quitta, ce qui revient au même. Je fus trahi et je trahis. Plus d'une fois le destin m'obligea à tuer. Un soldat grec me provoqua en duel et me fit choisir entre deux épées. L'une avait un empan de plus que l'autre. Je compris qu'il cherchait à m'effrayer et je choisis la plus courte. Il me demanda pourquoi. Je lui répondis que de mon poing à son cœur la distance était la même. Sur une rive de la mer Noire se trouve l'épitaphe runique que je gravai pour mon compagnon Leif Arnarson. J'ai combattu avec les Hommes Bleus de Serkland, les Sarrasins. Au cours du temps j'ai été plusieurs personnes, mais ce tourbillon ne fut qu'un long rêve. L'essentiel était la Parole. Il m'arriva de douter d'elle.

---

1. Les Saxons comptaient les années par le nombre d'hivers écoulés. (Note orale de J. L. Borges.)

Me repetí que renunciar al hermoso juego de combinar palabras hermosas era insensato y que no hay por qué indagar una sola, acaso ilusoria. Ese razonamiento fue vano. Un misionero me propuso la palabra Dios, que rechacé. Cierta aurora a orillas de un río que se dilataba en un mar creí haber dado con la revelación.

Volví a la tierra de los urnos y me dio trabajo encontrar la casa del cantor.

Entré y dije mi nombre. Ya era de noche. Thorkelsson, desde el suelo me dijo que encendiera un velón en el candelero de bronce. Tanto había envejecido su cara que no pude dejar de pensar que yo mismo era viejo. Como es de uso le pregunté por su rey. Me replicó :

—Ya no se llama Gunnlaug. Ahora es otro su nombre. Cuéntame bien tus viajes.

Lo hice con mejor orden y con prolijos pormenores que omito. Antes del fin me interrogó :

—¿Cantaste muchas veces por esas tierras?

La pregunta me tomó de sorpresa.

—Al principio —le dije— canté para ganarme la vida. Luego, un temor que no comprendo me alejó del canto y del harpa.

—Está bien —asintió—. Ya puedes proseguir con tu historia.

Acaté la orden. Sobrevino después un largo silencio.

—¿Qué te dio la primer mujer que tuviste? —me preguntó.

—Todo —le contesté.

Je me dis et redis qu'il était absurde de renoncer à ce jeu magnifique qui consiste à combiner entre eux des mots magnifiques et que se mettre en quête d'un mot unique, peut-être illusoire, était insensé. Ce raisonnement fut vain. Un missionnaire me proposa le mot Dieu, que je rejetai. Un certain matin, au bord d'un fleuve s'élargissant en mer, je crus avoir enfin la révélation de ce que je cherchais.

Je retournai au pays des Urniens, où j'eus du mal à retrouver la maison du chanteur.

J'entrai et dis mon nom. La nuit était tombée. Thorkelsson, du sol où il gisait, me dit d'allumer une grosse bougie au chandelier de bronze. Son visage avait tellement vieilli que je ne pus m'empêcher de penser que moi aussi j'étais maintenant un vieillard. Comme il est d'usage, je lui demandai des nouvelles de son roi. Il me répondit :

— Il ne s'appelle plus Gunnlaug. Maintenant son nom est différent. Raconte-moi tous tes voyages.

Je m'exécutai du mieux que je pus et lui donnai force détails que j'omets ici. Il m'interrompit avant que j'aie terminé :

— As-tu beaucoup chanté dans tous ces pays ?

Sa question me prit au dépourvu.

— Au début, lui dis-je, j'ai chanté pour gagner mon pain. Par la suite, une peur inexplicable m'a fait abandonner le chant et la harpe.

— C'est bien, acquiesça-t-il. Tu peux continuer ton récit.

J'obéis à son ordre. Puis il y eut un long silence.

— Qu'as-tu reçu de la première femme qui s'est donnée à toi ? me demanda-t-il.

— Tout, lui répondis-je.

—A mí también la vida me dio todo. A todos la vida les da todo, pero los más lo ignoran. Mi voz está cansada y mis dedos débiles, pero escúchame.

Dijo la palabra *Undr,* que quiere decir maravilla.

Me sentí arrebatado por el canto del hombre que moría, pero en su canto y en su acorde vi mis propios trabajos, la esclava que me dio el primer amor, los hombres que maté, las albas de frío, la aurora sobre el agua, los remos. Tomé el harpa y canté con una palabra distinta.

—Está bien —dijo el otro y tuve que acercarme para oírlo—. Me has entendido. »

— A moi aussi, la vie m'a tout donné. A tous la vie donne tout mais la plupart l'ignorent. Ma voix est fatiguée et mes doigts sans force, mais écoute-moi.

Il prononça le mot *Undr*, qui veut dire merveille.

Je me sentis transporté par le chant de cet homme qui se mourait tandis que dans son chant, dans l'accord qu'il plaquait je voyais mes propres travaux, la jeune esclave qui me fit connaître le premier amour, les hommes que je tuai, les aubes frissonnantes, l'aurore sur les eaux, les courses à force de rames. Je pris la harpe et je chantai une parole différente.

— C'est bien — articula Thorkelsson et je dus m'approcher pour l'entendre. Tu m'as compris. »

Utopía de un hombre que está cansado

Utopie d'un homme qui est fatigué

Llamóla Utopía, *voz griega cuyo significado*
es no hay tal lugar.

Quevedo

No hay dos cerros iguales, pero en cualquier lugar de
la tierra la llanura es una y la misma. Yo iba por un
camino de la llanura. Me pregunté sin mucha curiosidad si estaba en Oklahoma o en Texas o en la región
que los literatos llaman la pampa. Ni a derecha ni a
izquierda vi un alambrado. Como otras veces repetí
despacio estas líneas, de Emilio Oribe :

En medio de la pánica llanura interminable
Y cerca del Brasil,

que van creciendo y agrandándose.

Il l'appela Utopie, *mot grec qui veut dire* un tel
lieu n'existe pas.

Quevedo.

Il n'y a pas deux collines identiques mais partout
sur la terre la plaine est la même. Je marchais par un
chemin de la plaine. Je me demandai, sans y attacher
trop d'importance, si j'étais dans l'Oklaoma ou au
Texas, ou bien dans la région qu'en littérature on
appelle la pampa. Pas plus à droite qu'à gauche je ne
vis la moindre clôture. Une fois de plus je répétai
lentement ces vers d'Emilio Oribe [1] :

> Au milieu de l'interminable plaine panique
> Là-bas près du Brésil,

qui vont croissant et s'amplifiant.

---

1. Poète et prosateur uruguayen né en 1893. Auteur de *El nardo y
la ánfora* (1915), *El castillo interior* (1917), *La colina del pájaro rojo*
(1925), *La lámpara que anda* (1944).

El camino era desparejo. Empezó a caer la lluvia. A unos doscientos o trescientos metros vi la luz de una casa. Era baja y rectangular y cercada de árboles. Me abrió la puerta un hombre tan alto que casi me dio miedo. Estaba vestido de gris. Sentí que esperaba a alguien. No había cerradura en la puerta.

Entramos en una larga habitación con las paredes de madera. Pendía del cielo raso una lámpara de luz amarillenta. La mesa, por alguna razón, me extrañó. En la mesa había una clepsidra, la primera que he visto, fuera de algún grabado en acero. El hombre me indicó una de las sillas.

Ensayé diversos idiomas y no nos entendimos. Cuando él habló lo hizo en latín. Junté mis ya lejanas memorias de bachiller y me preparé para el diálogo.

—Por la ropa —me dijo—, veo que llegas de otro siglo. La diversidad de las lenguas favorecía la diversidad de los pueblos y aun de las guerras; la tierra ha regresado al latín. Hay quienes temen que vuelva a degenerar en francés, en lemosín o en papiamento, pero el riesgo no es inmediato. Por lo demás, ni lo que ha sido ni lo que será me interesan.

No dije nada y agregó :

—Si no te desagrada ver comer a otro, ¿ quieres acompañarme?

Comprendí que advertía mi zozobra y dije que sí.

Le chemin était défoncé. La pluie se mit à tomber. A quelque deux ou trois cents mètres j'aperçus la lumière d'une habitation. C'était une maison basse et rectangulaire, entourée d'arbres. L'homme qui m'ouvrit la porte était si grand qu'il me fit presque peur. Il était vêtu de gris. J'eus l'impression qu'il attendait quelqu'un. Il n'y avait pas de serrure à la porte.

Nous entrâmes dans une vaste pièce aux murs de bois. Du plafond pendait une lampe qui répandait une lumière jaunâtre. La table avait je ne sais quoi de surprenant. Il y avait sur cette table une horloge à eau, comme je n'en avais jamais vu que sur quelque gravure ancienne. L'homme me désigna une des chaises.

J'essayai de lui parler en diverses langues mais nous ne nous comprîmes pas. Quand il prit la parole, c'est en latin qu'il s'exprima. Je rassemblai mes lointains souvenirs de lycée et je me préparai pour le dialogue.

— Je vois à ton vêtement, me dit-il, que tu viens d'un autre siècle. La diversité des langues favorisait la diversité des peuples et aussi des guerres ; le monde est revenu au latin. D'aucuns craignent que le latin ne dégénère de nouveau en français, en limousin ou en papiamento [1], mais le risque n'est pas immédiat. Quoi qu'il en soit, ni ce qui a été ni ce qui sera ne m'intéresse.

Je ne répliquai rien et il ajouta :

— S'il ne t'est pas désagréable de regarder manger quelqu'un d'autre, veux-tu me tenir compagnie ?

Je compris qu'il remarquait mon trouble et j'acceptai son offre.

1. Langue d'Amérique centrale.

Atravesamos un corredor con puertas laterales, que daba a una pequeña cocina en la que todo era de metal. Volvimos con la cena en una bandeja : boles con copos de maíz, un racimo de uvas, una fruta desconocida cuyo sabor me recordó el del higo, y una gran jarra de agua. Creo que no había pan. Los rasgos de mi huésped eran agudos y tenía algo singular en los ojos. No olvidaré ese rostro severo y pálido que no volveré a ver. No gesticulaba al hablar.

Me trababa la obligación del latín, pero finalmente le dije :

—¿No te asombra mi súbita aparición?

—No —me replicó—, tales visitas nos ocurren de siglo en siglo. No duran mucho ; a más tardar estarás mañana en tu casa.

La certidumbre de su voz me bastó. Juzgué prudente presentarme :

—Soy Eudoro Acevedo. Nací en 1897, en la ciudad de Buenos Aires. He cumplido ya setenta años. Soy profesor de letras inglesas y americanas y escritor de cuentos fantásticos.

—Recuerdo haber leído sin desagrado —me contestó— dos cuentos fantásticos. Los Viajes del Capitán Lemuel Gulliver, que muchos consideran verídicos, y la Suma Teológica. Pero no hablemos de hechos. Ya a nadie le importan los hechos. Son meros puntos de partida para la invención y el razonamiento.

Nous enfilâmes un couloir sur lequel donnaient de part et d'autre des portes et qui menait à une petite cuisine où tout était en métal. Nous revînmes en portant le dîner sur un plateau : des bols pleins de flocons de maïs, une grappe de raisin, un fruit inconnu dont la saveur me rappela celle de la figue, et une grande carafe d'eau. Je crois qu'il n'y avait pas de pain. Les traits de mon hôte étaient fins et il avait quelque chose d'étrange dans son regard. Je n'oublierai pas ce visage sévère et pâle que je ne devais plus revoir. Il ne faisait aucun geste en parlant.

L'obligation de parler latin n'était pas sans me gêner, mais je parvins néanmoins à lui dire :

— Tu n'es pas surpris par ma soudaine apparition ?

— Non, me répondit-il, nous recevons ce genre de visite de siècle en siècle. Elles ne durent guère ; demain au plus tard tu seras rentré chez toi.

L'assurance de sa voix me suffit. Je jugeai prudent de me présenter :

— Je m'appelle Eudoro Acevedo. Je suis né en 1897, dans la ville de Buenos Aires. J'ai plus de soixante-dix ans. Je suis professeur de littérature anglaise et américaine, et j'ai écrit des contes fantastiques.

— Je me souviens d'avoir lu sans ennui, me répondit-il, deux contes fantastiques. Les Voyages du Capitaine Lemuel Gulliver, que beaucoup de gens tiennent pour véridiques, et la Somme théologique. Mais ne parlons pas de faits précis. Personne maintenant ne s'intéresse plus aux faits. Ce ne sont que de simples points de départ pour l'invention et le raisonnement.

En las escuelas nos enseñan la duda y el arte del olvido. Ante todo el olvido de lo personal y local. Vivimos en el tiempo, que es sucesivo, pero tratamos de vivir *sub specie aeternitatis*. Del pasado nos quedan algunos nombres, que el lenguaje tiende a olvidar. Eludimos las inútiles precisiones. No hay cronología ni historia. No hay tampoco estadísticas. Me has dicho que te llamas Eudoro; yo no puedo decirte cómo me llamo, porque me dicen alguien.

—¿Y cómo se llamaba tu padre?

—No se llamaba.

En una de las paredes vi un anaquel. Abrí un volumen al azar; las letras eran claras e indescifrables y trazadas a mano. Sus líneas angulares me recordaron el alfabeto rúnico, que, sin embargo, sólo se empleó para la escritura epigráfica. Pensé que los hombres del porvenir no sólo eran más altos, sino más diestros. Instintivamente miré los largos y finos dedos del hombre.

Este me dijo:

—Ahora vas a ver algo que nunca has visto.

Me tendió con cuidado un ejemplar de la *Utopía* de Moro, impreso en Basilea en el año 1518 y en el que faltaban hojas y láminas.

No sin fatuidad repliqué:

—Es un libro impreso. En casa habrá más de dos mil, aunque no tan antiguos ni tan preciosos.

Leí en voz alta el título.

El otro se rió.

Dans nos écoles on nous enseigne le doute et l'art d'oublier. Avant tout l'oubli de ce qui est personnel et localisé. Nous vivons dans le temps, qui est succession, mais nous essayons de vivre *sub specie aeternitatis*. Du passé il nous reste quelques noms que le langage tend à oublier. Nous éludons les précisions inutiles. Plus de chronologie ni d'histoire. Il n'y a plus non plus de statistiques. Tu m'as dit que tu t'appelais Eudoro ; moi je ne puis te dire comment je m'appelle, car on me nomme simplement quelqu'un.

— Mais comment s'appelait ton père ?

— Il n'avait pas de nom.

Sur l'un des murs je vis une étagère. J'ouvris un livre au hasard ; les caractères, calligraphiés à la main, étaient nets et indéchiffrables. Leur tracé anguleux me rappela l'alphabet runique, lequel cependant ne fut jamais utilisé que pour la composition d'épigraphes. Je me dis que les hommes du futur étaient non seulement d'une taille plus élevée que la nôtre, mais aussi plus adroits. Instinctivement, je regardai les longs doigts effilés de l'homme.

Celui-ci me dit :

— Maintenant je vais te montrer une chose que tu n'as encore jamais vue.

Il me tendit avec précaution un exemplaire de l'*Utopie* de More, imprimé à Bâle en 1518 et où manquaient des feuillets et des gravures.

Non sans fatuité je répliquai :

— C'est un livre imprimé. Chez moi, j'en ai plus de deux mille, mais évidemment moins anciens et moins précieux que celui-ci.

Je lus le titre à haute voix.

L'autre se mit à rire.

—Nadie puede leer dos mil libros. En los cuatro siglos que vivo no habré pasado de una media docena. Además no importa leer, sino releer. La imprenta, ahora abolida, ha sido uno de los peores males del hombre, ya que tendió a multiplicar hasta el vértigo textos innecesarios.

—En mi curioso ayer —contesté—, prevalecía la superstición de que entre cada tarde y cada mañana ocurren hechos que es una vergüenza ignorar. El planeta estaba poblado de espectros colectivos, el Canadá, el Brasil, el Congo Suizo y el Mercado Común. Casi nadie sabía la historia previa de esos entes platónicos, pero sí los mas ínfimos pormenores del último congreso de pedagogos, la inminente ruptura de relaciones y los mensajes que los presidentes mandaban, elaborados por el secretario del secretario con la prudente imprecisión que era propia del género.

Todo esto se leía para el olvido, porque a las pocas horas lo borrarían otras trivialidades. De todas las funciones, la del político era sin duda la más pública. Un embajador o un ministro era una suerte de lisiado que era preciso trasladar en largos y ruidosos vehículos, cercado de ciclistas y granaderos y aguardado por ansiosos fotógrafos. Parece que les hubieran cortado los pies, solía decir mi madre. Las imágenes y la letra impresa eran más reales que las cosas. Sólo lo publicado era verdadero. *Esse est percipi* (ser es ser retratado) era el principio, el medio y el fin de nuestro singular concepto del mundo.

— Personne ne peut lire deux mille livres. Depuis quatre siècles que je vis je n'ai pas dû en lire plus d'une demi-douzaine. D'ailleurs ce qui importe ce n'est pas de lire mais de relire. L'imprimerie, maintenant abolie, a été l'un des pires fléaux de l'humanité, car elle a tendu à multiplier jusqu'au vertige des textes inutiles.

— De mon temps à moi, hier encore, répondis-je, triomphait la superstition que du jour au lendemain il se passait des événements qu'on aurait eu honte d'ignorer. La planète était peuplée de spectres collectifs : le Canada, le Brésil, le Congo suisse et le Marché commun. Personne ou presque ne connaissait l'histoire préalable de ces entités platoniques, mais on n'ignorait rien par contre du dernier congrès de pédagogues, de l'imminente rupture des relations entre présidents et des messages qu'ils s'adressaient, rédigés par le secrétaire du secrétaire avec cette prudente imprécision qui était le propre du genre.

On lisait tout cela pour l'oublier aussitôt, parce que quelques heures plus tard d'autres banalités l'effaceraient. De toutes les fonctions exercées dans le monde, celle de l'homme politique était sans aucun doute la plus en vue. Un ambassadeur ou un ministre était une espèce d'invalide qu'on était obligé de transporter d'un endroit à un autre dans de longs et bruyants véhicules, entourés de motocyclistes et de gardes du corps, guetté par d'anxieux photographes. On dirait qu'on leur a coupé les pieds, avait coutume de dire ma mère. Les images et le texte imprimé avaient plus de réalité que les choses elles-mêmes. Seul ce qui était publié était vrai. *Esse est percipi* (on n'existe que si on est photographié), c'était là le début, le centre et la fin de notre singulière conception du monde.

En el ayer que me tocó, la gente era ingenua ; creía que una mercadería era buena porque así lo afirmaba y lo repetía su propio fabricante. También eran frecuentes los robos, aunque nadie ignoraba que la posesión de dinero no da mayor felicidad ni mayor quietud.

—¿ Dinero ? —repitió—. Ya no hay quien adolezca de pobreza, que habrá sido insufrible, ni de riqueza, que habrá sido la forma más incómoda de la vulgaridad. Cada cual ejerce un oficio.

—Como los rabinos —le dije.

Pareció no entender y prosiguió.

—Tampoco hay ciudades. A juzgar por las ruinas de Bahía Blanca, que tuve la curiosidad de explorar, no se ha perdido mucho. Ya que no hay posesiones, no hay herencias. Cuando el hombre madura a los cien años, está listo a enfrentarse consigo mismo y con su soledad. Ya ha engendrado un hijo.

—¿ Un hijo ? —pregunté.

—Sí. Uno solo. No conviene fomentar el género humano. Hay quienes piensan que es un órgano de la divinidad para tener conciencia del universo, pero nadie sabe con certidumbre si hay tal divinidad. Creo que ahora se discuten las ventajas y desventajas de un suicidio gradual o simultáneo de todos los hombres del mundo. Pero volvamos a lo nuestro.

Asentí.

Dans ce qui fut mon passé, les gens étaient ingénus ; ils croyaient qu'une marchandise était bonne parce que son propre fabricant l'affirmait et le répétait. Le vol aussi était une chose fréquente, bien que personne n'ignorât que le fait de posséder de l'argent ne procure pas davantage de bonheur ou de quiétude.

— L'argent ? reprit-il. Personne ne souffre plus maintenant de la pauvreté, ce qui a dû être insupportable, ni de la richesse, ce qui aura été sans doute la forme la plus gênante de la vulgarité. Chacun exerce une fonction.

— Comme les rabbins, lui dis-je.

Il n'eut pas l'air de comprendre et poursuivit :

— Il n'y a pas de villes non plus. A en juger par les ruines de Bahia Blanca, que j'ai eu la curiosité d'explorer, nous n'avons pas perdu grand-chose. Comme il n'y a plus de possessions, il n'y a plus d'héritages. Quand, vers cent ans, l'homme a mûri, il est prêt à se faire face à lui-même, à affronter sa solitude. Il a engendré un fils.

— Un seul fils ? demandai-je.

— Oui. Un seul. Il ne convient pas de développer le genre humain. Certains pensent que c'est un organe de la divinité qui lui permet de prendre conscience de l'univers, mais personne ne sait de façon sûre si une telle divinité existe. Je crois qu'on en est venu maintenant à discuter des avantages et des inconvénients d'un suicide progressif ou simultané de tous les habitants de la planète. Mais revenons à nos moutons.

J'acquiesçai.

—Cumplidos los cien años, el individuo puede prescindir del amor y de la amistad. Los males y la muerte involuntaria no lo amenazan. Ejerce alguna de las artes, la filosofía, las matemáticas o juega a un ajedrez solitario. Cuando quiere se mata. Dueño el hombre de su vida, lo es también de su muerte.

—¿ Se trata de una cita ? —le pregunté.

—Seguramente. Ya no nos quedan más que citas. La lengua es un sistema de citas.

—¿ Y la grande aventura de mi tiempo, los viajes espaciales ? — le dije.

—Hace ya siglos que hemos renunciado a esas traslaciones, que fueron ciertamente admirables. Nunca pudimos evadirnos de un aquí y de un ahora.

Con una sonrisa agregó :

—Además, todo viaje es espacial. Ir de un planeta a otro es como ir a la granja de enfrente. Cuando usted entró en este cuarto estaba ejecutando un viaje espacial.

—Así es — repliqué—. También se hablaba de sustancias químicas y de animales zoológicos.

El hombre ahora me daba la espalda y miraba por los cristales. Afuera, la llanura estaba blanca de silenciosa nieve y de luna.

Me atreví a preguntar :

—¿ Todavía hay museos y bibliotecas ?

—No. Queremos olvidar el ayer, salvo para la composición de elegías. No hay conmemoraciones ni centenarios ni efigies de hombres muertos.

— A cent ans, l'être humain peut se passer de l'amour et de l'amitié. Les maux et la mort involontaire ne sont plus une menace pour lui. Il pratique un art quelconque, il s'adonne à la philosophie, aux mathématiques ou bien il joue aux échecs en solitaire. Quand il le veut, il se tue. Maître de sa vie, l'homme l'est aussi de sa mort[1].

— Il s'agit d'une citation? lui demandai-je.

— Certainement. Il ne nous reste plus que des citations. Le langage est un système de citations.

— Et la grande aventure de mon époque, les vols spatiaux? lui demandai-je.

— Il y a des siècles que nous avons renoncé à ces transferts, qui furent certes admirables. Nous n'avons jamais pu nous évader d'un ici et d'un maintenant.

Et avec un sourire il ajouta :

— D'ailleurs, tout voyage est spatial. Aller d'une planète à une autre c'est comme d'aller d'ici à la grange d'en face. Quand vous êtes entré dans cette pièce j'étais en train de faire un voyage spatial.

— Parfaitement, répliquai-je. On parlait aussi de substances chimiques et d'espèces zoologiques.

L'homme maintenant me tournait le dos et regardait à travers la vitre. Au-dehors, la plaine était blanche de neige silencieuse et de lune.

Je me risquai à demander :

— Y a-t-il encore des musées et des bibliothèques?

— Non. Nous voulons oublier le passé, sauf quand il s'agit de composer des élégies. Il n'y a ni commémorations ni centenaires ni statues d'hommes morts.

1. Citation du poète argentin Leopoldo Lugones.

Cada cual debe producir por su cuenta las ciencias y las artes que necesita.

—En tal caso, cada cual debe ser su propio Bernard Shaw, su propio Jesucristo y su propio Arquímedes.

Asintió sin una palabra. Inquirí :

—¿ Qué sucedió con los gobiernos ?

—Según la tradición fueron cayendo gradualmente en desuso. Llamaban a elecciones, declaraban guerras, imponían tarifas, confiscaban fortunas, ordenaban arrestos y pretendían imponer la censura y nadie en el planeta los acataba. La prensa dejó de publicar sus colaboraciones y sus efigies. Los políticos tuvieron que buscar oficios honestos ; algunos fueron buenos cómicos o buenos curanderos. La realidad sin duda habrá sido más compleja que este resumen.

Cambió de tono y dijo :

—He construido esta casa, que es igual a todas las otras. He labrado estos muebles y estos enseres. He trabajado el campo, que otros cuya cara no he visto, trabajarán mejor que yo. Puedo mostrarte algunas cosas.

Lo seguí a una pieza contigua. Encendió una lámpara, que también pendía del cielo raso. En un rincón vi un arpa de pocas cuerdas. En las paredes había telas rectangulares en las que predominaban los tonos del color amarillo. No parecían proceder de la misma mano.

—Esta es mi obra —declaró.

Chacun doit élaborer pour son compte les sciences et les arts dont il a besoin.

— Dans ce cas, chacun doit être son propre Bernard Shaw, son propre Jésus-Christ, et son propre Archimède.

Il approuva de la tête.

— Que sont devenus les gouvernements? demandai-je.

— La tradition veut qu'ils soient tombés petit à petit en désuétude. Ils procédaient à des élections, ils déclaraient des guerres, ils établissaient des impôts, ils confisquaient des fortunes, ils ordonnaient des arrestations et prétendaient imposer la censure mais personne au monde ne s'en souciait. La presse cessa de publier leurs discours et leurs photographies. Les hommes politiques durent se mettre à exercer des métiers honnêtes; certains devinrent de bons comédiens ou de bons guérisseurs. La réalité aura été sans doute plus complexe que le résumé que j'en donne.

Il continua, sur un autre ton:

— J'ai construit cette maison, qui est pareille à toutes les autres. J'ai fabriqué ces meubles et ces ustensiles. J'ai travaillé la terre que d'autres, dont j'ignore le visage, doivent travailler peut-être mieux que moi. J'ai plusieurs choses à te montrer.

Je le suivis dans une pièce voisine. Il alluma une lampe qui elle aussi pendait du plafond. Dans un coin, j'aperçus une harpe qui n'avait que quelques cordes. Au mur étaient accrochées des toiles rectangulaires dans lesquelles dominaient les tons jaunes. Elles semblaient ne pas être toutes de la même main.

— C'est mon œuvre, déclara-t-il.

Examiné las telas y me detuve ante la más pequeña, que figuraba o sugería una puesta de sol y que encerraba algo infinito.

—Si te gusta puedes llevártela, como recuerdo de un amigo futuro — dijo con palabra tranquila.

Le agradecí, pero otras telas me inquietaron. No diré que estaban en blanco, pero sí casi en blanco.

—Están pintadas con colores que tus antiguos ojos no pueden ver.

Las delicadas manos tañeron las cuerdas del arpa y apenas percibí uno que otro sonido.

Fue entonces cuando se oyeron los golpes.

Una alta mujer y tres o cuatro hombres entraron en la casa. Diríase que eran hermanos o que los había igualado el tiempo. Mi huésped habló primero con la mujer.

—Sabía que esta noche no faltarías. ¿Lo has visto a Nils?

—De tarde en tarde. Sigue siempre entregado a la pintura.

—Esperemos que con mejor fortuna que su padre.

Manuscritos, cuadros, muebles, enseres; no dejamos nada en la casa.

La mujer trabajó a la par de los hombres. Me avergoncé de mi flaqueza que casi no me permitía ayudarlos. Nadie cerró la puerta y salimos, cargados con las cosas. Noté que el techo era de dos aguas.

A los quince minutos de caminar, doblamos por la izquierda. En el fondo divisé una suerte de torre, coronada por una cúpula.

J'examinai les toiles et je m'arrêtai devant la plus petite, qui représentait ou suggérait un coucher de soleil et qui avait en elle quelque chose d'infini.

— Si elle te plaît tu peux l'emporter, en souvenir d'un ami futur, me dit-il de sa voix tranquille.

J'acceptai avec reconnaissance cette toile, mais d'autres me donnèrent une impression de malaise. Je ne dirai pas qu'elles avaient été laissées entièrement en blanc, mais presque.

— Elles sont peintes avec des couleurs que tes yeux anciens ne peuvent voir.

Ses mains pincèrent délicatement les cordes de la harpe et je ne perçus que quelques vagues sons.

C'est alors qu'on entendit frapper.

Une grande femme et trois ou quatre hommes entrèrent dans la maison. On aurait dit qu'ils étaient frères ou que le temps avait fini par les faire se ressembler. Mon hôte parla d'abord avec la femme.

— Je savais que tu ne manquerais pas de venir ce soir. As-tu vu Nils ?

— De temps à autre. Il continue toujours à peindre.

— Souhaitons qu'il y réussisse mieux que son père.

Manuscrits, tableaux, meubles, ustensiles, nous ne laissâmes rien dans la maison.

La femme travailla autant que les hommes. J'eus honte de mes faibles moyens qui ne me permettaient pas de les aider vraiment. Personne ne ferma la porte et nous partîmes, chargés de tous ces objets. Je remarquai que le toit était à double pente.

Après un quart d'heure de marche, nous tournâmes à gauche. J'aperçus au loin une sorte de tour, surmontée d'une coupole.

—Es el crematorio —dijo alguien—. Adentro está la cámara letal. Dicen que la inventó un filántropo cuyo nombre, creo, era Adolfo Hitler.

El cuidador, cuya estatura no me asombró, nos abrió la verja.

Mi huésped susurró unas palabras. Antes de entrar en el recinto se despidió con un ademán.

—La nieve seguirá —anunció la mujer.

En mi escritorio de la calle México guardo la tela que alguien pintará, dentro de miles de años, con materiales hoy dispersos en el planeta.

— C'est le crématoire, dit quelqu'un. A l'intérieur se trouve la chambre de mort. On dit qu'elle a été inventée par un philanthrope qui s'appelait, je crois, Adolf Hitler.

Le gardien, dont la stature ne me surprit pas, nous ouvrit la grille.

Mon hôte murmura quelques paroles. Avant d'entrer dans l'édifice, il nous fit un geste d'adieu.

— Il va encore neiger, annonça la femme.

Dans mon bureau de la rue Mexico je conserve la toile que quelqu'un peindra, dans des milliers d'années, avec des matériaux aujourd'hui épars sur la planète.

El soborno
Le stratagème

La historia que refiero es la de dos hombres o más bien la de un episodio en el que intervinieron dos hombres. El hecho mismo, nada singular ni fantástico, importa menos que el carácter de sus protagonistas. Ambos pecaron por vanidad, pero de un modo harto distinto y con resultado distinto. La anécdota (en realidad no es mucho más) ocurrió hace muy poco, en uno de los estados de América. Entiendo que no pudo haber ocurrido en otro lugar.

A fines de 1961, en la Universidad de Texas, en Austin, tuve ocasión de conversar largamente con uno de los dos, el doctor Ezra Winthrop. Era profesor de inglés antiguo (no aprobaba el empleo de la palabra *anglosajón,* que sugiere un artefacto hecho de dos piezas). Recuerdo que sin contradecirme una sola vez corrigió mis muchos errores y temerarias presunciones. Me dijeron que en los exámenes prefería no formular una sola pregunta; invitaba al alumno a discurrir sobre tal o cual tema, dejando a su elección el punto preciso.

L'histoire que je vais raconter est celle de deux hommes, ou plutôt celle d'un épisode dans lequel intervinrent deux hommes. Le fait en lui-même, qui n'a rien de particulier ni de fantastique, importe moins que le caractère de ses protagonistes. Tous deux péchèrent par orgueil, mais d'une façon différente et avec un résultat différent lui aussi. L'anecdote (à vrai dire ce n'est rien de plus) est très récente et elle se situe dans un des États de l'Amérique. Je pense qu'elle n'aurait pu se passer ailleurs.

A la fin de 1961, à l'Université du Texas, à Austin, j'eus l'occasion de m'entretenir longuement avec l'un de ces deux hommes, le professeur Ezra Winthrop. Il enseignait l'anglais ancien (il désapprouvait l'emploi du mot *anglo-saxon*, qui suggère une construction faite de deux pièces). Je me souviens que, sans me contredire une seule fois, il rectifia mes nombreuses fautes et mes téméraires hypothèses. On m'a dit qu'aux examens il préférait toujours ne poser aucune question ; il invitait le candidat à discourir sur un thème ou un autre, en lui laissant le choix du sujet.

De vieja raíz puritana, oriundo de Boston, le había costado hacerse a los hábitos y prejuicios del Sur. Extrañaba la nieve, pero he observado que a la gente del Norte le enseñan a precaverse del frío, como a nosotros del calor. Guardo la imagen ya borrosa, de un hombre más bien alto, de pelo gris, menos ágil que fuerte. Más claro es mi recuerdo de su colega Herbert Locke, que me dio un ejemplar de su libro *Toward a History of the Kenning,* donde se lee que los sajones no tardaron en precindir de esas metáforas un tanto mecánicas (camino de la ballena por mar, halcón de la batalla por águila), en tanto que los poetas escandinavos las fueron combinando y entrelazando hasta lo inextricable. He mencionado a Herbert Locke porque es parte integral de mi relato.

Arribo ahora al islandés Eric Einarsson, acaso el verdadero protagonista. No lo vi nunca. Llegó a Texas en 1969, cuando yo estaba en Cambridge, pero las cartas de un amigo común, Ramón Martínez López, me han dejado la convicción de conocerlo íntimamente. Sé que es impetuoso, enérgico y frío; en una tierra de hombres altos es alto. Dado su pelo rojo era inevitable que los estudiantes lo apodaran Erico el Rojo. Opinaba que el uso del *slang* forzosamente erróneo, hace del extranjero un intruso y no condescendió nunca al O. K. Buen investigador de las lenguas nórdicas, del inglés, del latín y —aunque no lo confesara— del alemán, poco le costó abrirse paso en las universidades de América.

De vieille souche puritaine, natif de Boston, il avait eu du mal à se faire aux coutumes et aux préjugés du Sud. Il regrettait la neige, mais j'ai remarqué que l'on apprend aux gens du Nord à se prémunir du froid, comme à nous autres de la chaleur. Je garde l'image, déjà floue, d'un homme plutôt grand, aux cheveux gris, plus robuste qu'agile. J'ai un souvenir plus précis de son collègue Herbert Locke, qui me donna un exemplaire de son livre *Toward a History of the Kenning*, où on peut lire que les Saxons ne tardèrent pas à renoncer à ces métaphores quelque peu mécaniques (route de la baleine pour mer, faucon de la bataille pour aigle), tandis que les poètes scandinaves les combinèrent et les entremêlèrent jusqu'à l'inextricable. J'ai mentionné Herbert Locke parce qu'il est partie prenante de mon récit.

J'en arrive maintenant à l'Islandais Eric Einarsson, sans doute le véritable protagoniste. Je ne le vis jamais. Il arriva au Texas en 1969, alors que j'étais à Cambridge, mais à travers les lettres d'un ami commun, Ramon Martinez Lopez, j'ai acquis la conviction de l'avoir intimement connu. Je sais qu'il est violent, énergique et froid ; dans un pays où les hommes sont grands, il était grand. Avec ses cheveux roux, ses étudiants l'avaient inévitablement surnommé Eric le Rouge. Il estimait que l'emploi du *slang*, forcément erroné, fait taxer l'étranger d'intrus, et il ne condescendit jamais à user de l'expression O.K. Bon connaisseur des langues nordiques, de l'anglais, du latin et — quoiqu'il s'en cachât — de l'allemand, il lui fut facile de faire son chemin dans les universités d'Amérique.

Su primer trabajo fue una monografía sobre los cuatro artículos que dedicó De Quincey al influjo que ha dejado el danés en la región lacustre de Westmoreland. La siguió una segunda sobre el dialecto de los campesinos de Yorkshire. Ambos estudios fueron bien acogidos, pero Einarsson pensó que su carrera precisaba algún elemento de asombro. En 1970 publicó en Yale una copiosa edición crítica de la balada de Maldon. El *scholarship* de las notas era innegable, pero ciertas hipótesis del prefacio suscitaron alguna discusión en los casi secretos círculos académicos. Einarsson afirmaba, por ejemplo, que el estilo de la balada es afín, siquiera de un modo lejano, al fragmento heroico de *Finnsburh,* no a la retórica pausada de Beowulf, y que su manejo de conmovedores rasgos circunstanciales prefigura curiosamente los métodos que no sin justicia admiramos en las sagas de Islandia. Enmendó asimismo varias lecciones del texto de Elphinston. Ya en 1969 había sido nombrado profesor en la Universidad de Texas. Según es fama, son habituales en las universidades americanas los congresos de germanistas. Al doctor Winthrop le había tocado en suerte en el turno anterior, en East Lansing. El jefe del departamento que preparaba su Año Sabático, le pidió que pensara en un candidato para la próxima sesión en Wisconsin. Por lo demás, éstos no pasaban de dos : Herbert Locke o Eric Einarsson.

Winthrop, como Carlyle, había renunciado a la fe puritana de sus mayores, pero no al sentimiento de la ética.

Son premier ouvrage fut une monographie sur les quatre articles que De Quincey consacre à l'influence qu'a laissée le danois dans la région des lacs de Westmorland. Elle fut suivie d'une deuxième sur le dialecte des paysans du Yorkshire. Ces deux études furent bien accueillies, mais Einarsson pensa que, pour sa carrière, il lui fallait écrire quelque chose qui fît du bruit. En 1970, il publia à Yale une copieuse édition critique de la ballade de Maldon. L'érudition des notes était indéniable, mais certaines hypothèses de la préface prêtèrent à discussion dans quelques cercles académiques des plus fermés. Einarsson affirmait, par exemple, que le genre de cette ballade rappelle, du moins de façon lointaine, le fragment héroïque de *Finnsburh* et non la lourde rhétorique de Beowulf et que sa façon de manier dans certaines circonstances les détails émouvants annonce curieusement les procédés que nous admirons à juste titre dans les sagas d'Islande. Il corrigea également diverses leçons du texte d'Elphinston. Dès 1969 il avait été nommé professeur à l'Université du Texas. Comme on le sait, il se tient de nombreux congrès de germanistes dans les universités américaines. Le professeur Winthrop avait été désigné la fois précédente, à East Lansing. Le directeur de la section, qui préparait son année sabbatique, lui demanda de songer à un candidat pour la prochaine session au Wisconsin. Au demeurant, il n'y en avait que deux : Herbert Locke et Eric Einarsson.

Winthrop, comme Carlyle, avait renoncé à la foi puritaine de ses ancêtres, mais non point aux impératifs de l'éthique.

No había declinado dar el consejo; su deber era claro. Herbert Locke, desde 1954, no le había escatimado su ayuda para cierta edición anotada de la Gesta de Beowulf que, en determinadas casas de estudio, había reemplazado el manejo de la de Klaeber; ahora estaba compilando una obra muy útil para la germanística : un diccionario inglés-anglosajón, que ahorrara a los lectores el examen, muchas veces inútil, de los diccionarios etimológicos. Einarsson era harto más joven; su petulancia le granjeaba la aversión general, sin excluir la de Winthrop. La edición crítica de *Finnsburh* había contribuido no poco a difundir su nombre. Era fácilmente polémico; en el Congreso haría mejor papel que el taciturno y tímido Locke. En esas cavilaciones estaba Winthrop cuando el hecho ocurrió.

En Yale apareció un extenso artículo sobre la enseñanza universitaria de la literatura y de la lengua de los anglosajones. Al pie de la última página se leían las transparentes iniciales E. E. y, como para alejar cualquier duda, el nombre de Texas. El artículo, redactado en un correcto inglés de extranjero, no se permitía la menor incivilidad, pero encerraba cierta violencia. Argüía que iniciar aquel estudio por la Gesta de Beowulf, obra de fecha arcaica pero de estilo pseudo virgiliano y retórico, era no menos arbitrario que iniciar el estudio del inglés por los intrincados versos de Milton. Aconsejaba una inversión del orden cronológico : empezar por la Sepultura del siglo once que deja traslucir el idioma actual, y luego retroceder hasta los orígenes.

Il n'avait pas refusé de donner son avis ; son devoir était clair. Herbert Locke, depuis 1954, ne lui avait pas mesuré son aide pour une certaine édition annotée de la Geste de Beowulf qui, dans certains centres d'enseignement, avait remplacé celle de Klaeber ; il était actuellement en train de mettre au point un travail très utile pour les germanistes : un dictionnaire anglais-anglo-saxon, qui dispenserait les lecteurs d'avoir à consulter, souvent en vain, les dictionnaires étymologiques. Einarsson était sensiblement plus jeune ; sa pétulance lui avait attiré une antipathie générale, y compris celle de Winthrop. Son édition critique de *Finnsburh* n'avait pas manqué d'attirer l'attention sur lui. Il aimait la controverse ; il ferait meilleure figure au congrès que le taciturne et timide Locke. Winthrop en était là de ses pensées quand survint l'événement.

Un long article parut à Yale au sujet de l'enseignement universitaire de la littérature et de la langue anglo-saxonnes. Au bas de la dernière page, on pouvait lire les initiales transparentes E.E. suivies, comme pour ne laisser place à aucun doute, de la mention : Texas. L'article, rédigé en un anglais correct d'étranger, ne se permettait pas la moindre incivilité mais il faisait montre d'une certaine violence. Il prétendait que débuter l'étude de cette langue par la Geste de Beowulf, œuvre de date archaïque mais de style pseudo virgilien et empreint de rhétorique, était tout aussi arbitraire que de commencer l'étude de l'anglais par les vers enchevêtrés de Milton. Il conseillait d'inverser l'ordre chronologique : de commencer par la Sépulture du onzième siècle qui annonce la langue actuelle, puis de remonter jusqu'aux origines.

En lo que a Beowulf se refiere, bastaba con algún fragmento extraído del tedioso conjunto de tres mil líneas; por ejemplo los ritos funerarios de Scyld, que vuelve al mar y vino del mar. No se mencionaba una sola vez el nombre de Winthrop, pero éste se sintió persistentemente agredido. Tal circunstancia le importaba menos que el hecho de que impugnaran su método pedagógico.

Faltaban pocos días. Winthrop quería ser justo y no podía permitir que el escrito de Einarsson, ya releído y comentado por muchos, influyera en su decisión. Esta le dio no poco trabajo. Cierta mañana, Winthrop conversó con su jefe; esa misma tarde Einarsson recibió el encargo oficial de viajar a Wisconsin.

La víspera del diecinueve de marzo, día de la partida, Einarsson se presentó en el despacho de Ezra Winthrop. Venía a despedirse y a agradecerle. Una de las ventanas daba a una calle arbolada y oblicua y los rodeaban anaqueles de libros; Einarsson no tardó en reconocer la primera edición de la *Edda Islandorum*, encuadernada en pergamino. Winthrop contestó que sabía que el otro desempeñaría bien su misión y que no tenía nada que agradecerle. El diálogo si no me engaño fue largo.

—Hablemos con franqueza —dijo Einarsson—. No hay perro en la Universidad que no sepa que si el doctor Lee Rosenthal, nuestro jefe, me honra con la misión de representarnos, obra por consejo de usted. Trataré de no defraudarlo.

En ce qui concerne Beowulf, il suffisait d'extraire un passage de cette ennuyeuse masse de trois mille vers ; par exemple, les rites funéraires de Scyld, qui retourne à la mer après être venu de la mer. Pas une seule fois n'était mentionné le nom de Winthrop, mais celui-ci se sentit constamment visé. Qu'on ne le nommât pas lui importait peu, mais il admettait mal qu'on attaquât sa méthode pédagogique.

Le temps pressait. Winthrop voulait être juste et il ne pouvait envisager que cet article d'Einarsson, que beaucoup déjà avaient lu, relu et commenté, pût influer sur sa décision. Il ne lui fut pas facile de la prendre. Un certain matin, Winthrop s'entretint avec son directeur : dès l'après-midi Einarsson fut officiellement chargé de se rendre à la session du congrès au Wisconsin.

La veille du 19 mars, date de son départ, Einarsson se présenta dans le bureau d'Ezra Winthrop. Il venait, lui dit-il, prendre congé et le remercier. L'une des fenêtres donnait sur une rue oblique plantée d'arbres et ils étaient environnés de rayonnages de livres ; Einarsson ne tarda pas à reconnaître la première édition de l'*Edda Islandorum,* reliée en parchemin. Winthrop répondit qu'il était sûr que son visiteur s'acquitterait fort bien de sa mission et qu'il ne lui devait aucun remerciement. L'entretien, si je ne me trompe, dura quelque temps.

— Parlons franchement, dit Einarsson. Il n'y a personne à l'Université qui ne sache que si le professeur Lee Rosenthal, notre directeur, me fait l'honneur de me confier la mission de nous représenter, c'est qu'il a pris cette décision sur votre conseil. Je m'efforcerai de ne pas vous décevoir.

Soy un buen germanista ; la lengua de mi infancia es la de las sagas y pronuncio el anglosajón mejor que mis colegas británicos. Mis estudiantes dicen *cyning*, no *cunning*. Saben también que les está absolutamente prohibido fumar en clase y que no pueden presentarse disfrazados de *hippies*. En cuanto a mi frustrado rival, sería de pésimo gusto que yo lo criticara ; sobre la *Kenning* demuestra no sólo el examen de las fuentes originales, sino de los pertinentes trabajos de Meissner y de Marquardt. Dejemos esas fruslerías. Yo le debo a usted, doctor Winthrop, una explicación personal. Dejé mi patria a fines de 1967. Cuando alguien se resuelve a emigrar a un país lejano, se impone fatalmente la obligación de adelantar en ese país. Mis dos opúsculos iniciales, de índole estrictamente filológica, no respondían a otro fin que probar mi capacidad. Ello, evidentemente, no bastaba. Siempre me había interesado la balada de Maldon que puedo repetir de memoria, con uno que otro bache. Logré que las autoridades de Yale publicaran mi edición crítica. La balada registra, como usted sabe, una victoria escandinava, pero en cuanto al concepto de que influyó en las ulteriores sagas de Islandia, lo juzgo inadmisible y absurdo. Lo incluí para halagar a los lectores de habla inglesa.

Je suis un bon germaniste; ma langue maternelle est celle des sagas et je prononce l'anglo-saxon mieux que mes collègues britanniques. Mes étudiants disent *cyning,* non pas *cunning.* Ils savent également qu'il leur est formellement interdit de fumer en classe et qu'ils ne peuvent se présenter déguisés en *hippies.* Quant à mon rival malheureux, il serait du dernier mauvais goût que je le critique; à propos de la *Kenning* il prouve qu'il a consulté non seulement les sources originales mais aussi les pertinents travaux de Meissner et de Marquardt. Laissons là ces vétilles. Je vous dois à vous, professeur Winthrop, une explication personnelle. J'ai quitté ma patrie à la fin de 1967. Quand quelqu'un se résout à émigrer dans un pays lointain, il s'impose fatalement l'obligation de percer dans ce pays. Mes deux premiers opuscules, d'ordre strictement philologique, n'avaient d'autre but que de prouver mes capacités. Cela n'était évidemment pas suffisant. Je m'étais toujours intéressé à la ballade de Maldon que je peux réciter à peu près par cœur. J'ai obtenu des autorités de Yale qu'elles publient mon édition critique. La ballade consigne, comme vous le savez, une victoire scandinave, mais quant à la thèse de son influence ultérieure sur les sagas d'Islande, je la trouve inadmissible et absurde. Je l'ai mentionnée pour flatter les lecteurs de langue anglaise.

Arribo ahora a lo esencial : mi nota polémica del *Yale Monthly*. Como usted no ignora, justifica, o quiere justificar, mi sistema, pero deliberadamente exagera los inconvenientes del suyo, que, a trueque de imponer a los alumnos el tedio de tres mil intrincados versos consecutivos que narran una historia confusa, los dota de un copioso vocabulario que les permitirá gozar, si no han desertado, del corpus de las letras anglosajonas. Ir a Wisconsin era mi verdadero propósito. Usted y yo, mi querido amigo, sabemos que los congresos son tonterías, que ocasionan gastos inútiles, pero que pueden convenir a un *curriculum*.

Winthrop lo miró con sorpresa. Era inteligente, pero propendía a tomar en serio las cosas, incluso los congresos y el universo, que bien puede ser una broma cósmica. Einarsson prosiguió :

—Usted recordará tal vez nuestro primer diálogo. Yo había llegado de New York. Era un día domingo ; el comedor de la Universidad estaba cerrado y fuimos a almorzar al Nighthawk. Fue entonces cuando aprendí muchas cosas. Como buen europeo, yo siempre había presupuesto que la Guerra Civil fue una cruzada contra los esclavistas ; usted argumentó que el Sur estaba en su derecho al querer separarse de la Unión y mantener sus instituciones. Para dar mayor fuerza a lo que afirmaba, me dijo que usted era del Norte y que uno de sus mayores había militado en las filas de Henry Halleck. Ponderó asimismo el coraje de los confederados. A diferencia de los demás, yo sé casi inmediatamente *quién* es el otro.

J'en arrive à l'essentiel : mon article polémique du *Yale Monthly*. Comme vous ne l'ignorez pas, il justifie, ou veut justifier mon système, mais il exagère délibérément les inconvénients du vôtre qui, s'il impose aux élèves l'ennui d'une inextricable masse de trois mille vers consécutifs racontant une histoire confuse, les dote par contre d'un riche vocabulaire qui leur permettra, s'ils n'ont pas abandonné en cours de route, de posséder tout le *corpus* des lettres anglo-saxonnes. Aller au Wisconsin, tel était mon véritable but. Vous et moi, mon cher ami, nous savons que les congrès sont des fumisteries, qui occasionnent des frais inutiles, mais qui peuvent être utiles dans un *curriculum vitae*.

Winthrop le regarda avec surprise. Il était intelligent mais il avait tendance à prendre les choses au sérieux, y compris les congrès et l'univers, qui n'est peut-être lui-même qu'une plaisanterie cosmique. Einarsson reprit :

— Vous vous souvenez peut-être de notre premier entretien. J'arrivais de New York. C'était un dimanche ; le réfectoire de l'Université était fermé et nous sommes allés déjeuner au Night-hawk. Ce jour-là j'ai appris beaucoup de choses. En bon Européen j'avais toujours présupposé que la Guerre de Sécession avait été une croisade contre les esclavagistes ; vous avez soutenu que le Sud était dans son droit en voulant quitter l'Union et maintenir ses propres institutions. Pour donner plus de poids à ce que vous affirmiez, vous m'avez dit que vous étiez du Nord et qu'un de vos ancêtres avait combattu dans les rangs de Henry Halleck. Vous avez de même vanté le courage des Confédérés. A la différence de la plupart des gens, je sais presque immédiatement *qui* est l'autre.

Esta mañana me bastó. Comprendí, mi querido Winthrop, que a usted lo rige la curiosa pasión americana de la imparcialidad. Quiere, ante todo, ser *fairminded*. Precisamente por ser hombre del Norte, trató de comprender y justificar la causa del Sur. En cuanto supe que mi viaje a Wisconsin dependía de unas palabras suyas a Rosenthal, resolví aprovechar mi pequeño descubrimiento. Comprendí que impugnar la metodología que usted siempre observa en la cátedra era el medio más eficaz de obtener su voto. Redacté en el acto mi tesis. Los hábitos del *Monthly* me obligaron al uso de iniciales, pero hice todo lo posible para que no quedara la menor duda sobre la identidad del autor. La confié incluso a muchos colegas.

Hubo un largo silencio. Winthrop fue el primero en romperlo.

—Ahora comprendo —dijo—. Yo soy viejo amigo de Herbert, cuya labor estimo ; usted, directa o indirectamente, me atacó. Negarle mi voto hubiera sido una suerte de represalia. Confronté los méritos de los dos y el resultado fue el que usted sabe.

Agregó, como si pensara en voz alta :

—He cedido tal vez a la vanidad de no ser vengativo. Como usted ve, su estratagema no le falló.

—Estratagema es la palabra justa —replicó Einarsson—, pero no me arrepiento de lo que hice. Actuaré del modo mejor para nuestra casa de estudios. Por lo demás yo había resuelto ir a Wisconsin.

Cette matinée-là me suffit. Je compris, mon cher Winthrop, que vous étiez dominé par la curieuse passion américaine de l'impartialité. Vous voulez, avant tout, être *fair play*. Étant précisément un homme du Nord, vous avez essayé de comprendre et de justifier la cause du Sud. Dès que j'ai su que mon voyage au Wisconsin dépendait d'un mot de vous à Rosenthal, j'ai décidé de mettre à profit ma petite découverte. J'ai compris qu'attaquer la méthode que vous appliquiez dans votre cours était le moyen le plus efficace pour obtenir votre voix. J'ai rédigé sur-le-champ ma théorie. Les habitudes du *Monthly* m'obligèrent à signer de mes initiales, mais je fis tout mon possible pour qu'il ne subsistât pas le moindre doute sur l'identité de l'auteur. J'en fis même la confidence à de nombreux collègues.

Il y eut un long silence. Winthrop fut le premier à le rompre.

— Je comprends tout maintenant, dit-il. Je suis un vieil ami d'Herbert, dont j'estime les travaux ; vous, directement ou indirectement, vous m'avez attaqué. Vous refuser ma voix aurait été en quelque sorte exercer des représailles. J'ai confronté vos mérites à tous deux et le résultat a été ce que vous savez.

Il ajouta, comme s'il pensait à voix haute :

— J'ai peut-être cédé à un sentiment de vanité en n'étant pas rancunier. Comme vous le voyez, votre stratagème a réussi.

— Stratagème est le mot juste, répliqua Einarsson, mais je ne me repens pas de ce que j'ai fait. J'agirai au mieux des intérêts de notre établissement. D'ailleurs j'avais décidé d'aller dans le Wisconsin.

—Mi primer Viking —dijo Winthrop y lo miró en los ojos.

—Otra superstición romántica. No basta ser escandinavo para descender de los Vikings. Mis padres fueron buenos pastores de la iglesia evangélica; a principios del siglo diez, mis mayores fueron acaso buenos sacerdotes de Thor. En mi familia no hubo, que yo sepa, gente de mar.

—En la mía hubo muchos —contestó Winthrop—. Sin embargo, no somos tan distintos. Un pecado nos une : la vanidad. Usted me ha visitado para jactarse de su ingeniosa estratagema; yo lo apoyé para jactarme de ser un hombre recto.

—Otra cosa nos une —respondió Einarsson—. La nacionalidad. Soy ciudadano americano. Mi destino está aquí, no en la Ultima Thule. Usted dirá que un pasaporte no modifica la índole de un hombre.

Se estrecharon la mano y se despidieron.

— Mon premier Viking, dit Winthrop en le regardant dans les yeux.

— Autre superstition romantique. Il ne suffit pas d'être scandinave pour descendre des Vikings. Mes parents furent de dévoués pasteurs de l'Église évangélique ; au début du dixième siècle, mes ancêtres furent peut-être les prêtres fervents de Thor. Dans ma famille il n'y a jamais eu, que je sache, de gens de mer.

— Dans la mienne, il y en a eu beaucoup, répondit Winthrop. Cependant, nous ne sommes pas si différents. Un péché nous unit : l'orgueil. Vous, vous m'avez rendu visite pour vous vanter de votre ingénieux stratagème ; moi, j'ai appuyé votre candidature pour pouvoir me vanter d'être un homme probe.

— Une autre chose nous unit, répondit Einarsson : la nationalité. Je suis citoyen américain. Mon destin est ici, non dans la lointaine Thulé. Vous me direz qu'un passeport ne modifie pas le caractère d'un homme.

Ils se serrèrent la main et se quittèrent.

Avelino Arredondo

Avelino Arredondo

El hecho aconteció en Montevideo, en 1897.

Cada sábado los amigos ocupaban la misma mesa lateral en el Café del Globo, a la manera de los pobres decentes que saben que no pueden mostrar su casa o que rehuyen su ámbito. Eran todos montevideanos; al principio les había costado amistarse con Arredondo, hombre de tierra adentro, que no se permitía confidencias ni hacía preguntas. Contaba poco más de veinte años; era flaco y moreno; más bien bajo y tal vez algo torpe. La cara habría sido casi anónima, si no la hubieran rescatado los ojos, a la vez dormidos y enérgicos. Dependiente de una mercería de la calle Buenos Aires, estudiaba derecho a ratos perdidos. Cuando los otros condenaban la guerra que asolaba el país y que, según era opinión general, el presidente prolongaba por razones indignas, Arredondo se quedaba callado. También se quedaba callado cuando se burlaban de él por tacaño.

L'événement eut lieu à Montevideo, en 1897.

Tous les samedis le groupe d'amis se retrouvait au Café du Globe autour de la même table latérale, comme le font les pauvres Blancs qui savent qu'ils ne peuvent montrer leur foyer ou qui en fuient l'ambiance. Ils étaient tous natifs de Montevideo ; c'est avec réticence, au début, qu'ils avaient admis dans leur cercle Arredondo, qui venait de l'intérieur du pays et qui se montrait d'une extrême réserve, ne posant jamais la moindre question. Il avait un peu plus de vingt ans ; maigre et le teint basané, il était plutôt petit et avait l'air un peu gauche. Son visage aurait paru quelconque s'il n'avait été racheté par un regard à la fois énergique et ensommeillé. Employé dans une mercerie de la rue Buenos Aires, il étudiait le droit à ses moments perdus. Quand les autres protestaient contre la guerre qui ravageait le pays et que, de l'avis général, le président faisait durer pour de sordides raisons, Arredondo restait silencieux. Il se taisait également quand on se moquait de sa pingrerie.

Poco después de la batalla de Cerros Blancos, Arredondo dijo a los compañeros que no lo verían por un tiempo, ya que tenía que irse a Mercedes. La noticia no inquietó a nadie. Alguien le dijo que tuviera cuidado con el gauchaje de Aparicio Saravia; Arredondo respondió, con una sonrisa, que no les tenía miedo a los blancos. El otro, que se había afiliado al partido, no dijo nada.

Más le costó decirle adiós a Clara, su novia. Lo hizo casi con las mismas palabras. Le previno que no esperara cartas, porque estaría muy atareado. Clara, que no tenía costumbre de escribir, aceptó el agregado sin protestar. Los dos se querían mucho.

Arredondo vivía en las afueras. Lo atendía una parda que llevaba el mismo apellido porque sus mayores habían sido esclavos de la familia en tiempo de la Guerra Grande. Era una mujer de toda confianza; le ordenó que dijera a cualquier persona que lo buscara que él estaba en el campo. Ya había cobrado su último sueldo en la mercería.

Se mudó a una pieza del fondo, la que daba al patio de tierra. La medida era inútil, pero lo ayudaba a iniciar esa reclusión que su voluntad le imponía.

Desde la angosta cama de fierro, en la que fue recuperando su hábito de sestear, miraba con alguna tristeza un anaquel vacío.

Peu après la bataille de Cerros Blancos, Arredondo dit à ses camarades qu'ils ne le verraient pas pendant quelque temps car il devait se rendre à Mercedes. La nouvelle n'inquiéta personne. Quelqu'un lui recommanda de se méfier des gauchos d'Aparicio Saravia ; Arredondo répondit en souriant qu'il n'avait pas peur des Blancs. L'ami, qui s'était affilié au parti, s'en tint là.

Il eut plus de peine à prendre congé de Clara, sa fiancée. Il lui dit à peu près la même chose qu'aux autres. Il l'avertit qu'elle ne devait pas s'attendre à recevoir de lettres de lui car il allait être fort occupé. Clara, qui n'écrivait pas facilement, accepta tout sans protester. Ils s'aimaient profondément.

Arredondo vivait dans les faubourgs. Il était servi par une mulâtresse qui portait le même nom que lui car ses ancêtres avaient été esclaves de la famille au temps de la Grande Guerre[1]. C'était une femme de toute confiance ; il lui ordonna de dire à tous ceux qui viendraient le demander qu'il était à la campagne. Il avait touché le dernier salaire qui lui était dû à la mercerie.

Il s'installa dans une pièce au fond de la maison, celle qui donnait sur la cour en terre battue. Cette mesure était superflue mais elle l'aidait à commencer cette réclusion à laquelle il se condamnait volontairement.

De son étroit lit de fer, où il reprit l'habitude de faire la sieste, il regardait non sans quelque tristesse une étagère vide

---

1. La guerre de l'époque du tyran Rosas.

Había vendido todos sus libros, incluso los de introducción al Derecho. No le quedaba más que una Biblia, que nunca había leído y que no concluyó.

La cursó página por página, a veces con interés y a veces con tedio, y se impuso el deber de aprender de memoria algún capítulo del Exodo y el final del Ecclesiastés. No trataba de entender lo que iba leyendo. Era librepensador, pero no dejaba pasar una sola noche sin repetir el padrenuestro que le había prometido a su madre al venir a Montevideo. Faltar a esa promesa filial podría traerle mala suerte.

Sabía que su meta era la mañana del día veinticinco de agosto. Sabía el número preciso de días que tenía que trasponer. Una vez lograda la meta, el tiempo cesaría o, mejor dicho, nada importaba lo que aconteciera después. Esperaba la fecha como quien espera una dicha y una liberación. Había parado su reloj para no estar siempre mirándolo, pero todas las noches, al oír las doce campanadas oscuras, arrancaba una hoja del almanaque y pensaba *un día menos*.

Al principio quiso construir una rutina. Matear, fumar los cigarrillos negros que armaba, leer y repasar una determinada cuota de páginas, tratar de conversar con Clementina cuando ésta le traía la comida en una bandeja, repetir y adornar cierto discurso antes de apagar la candela. Hablar con Clementina, mujer ya entrada en años, no era fácil, porque su memoria había quedado detenida en el campo y en lo cotidiano del campo.

Il avait vendu tous ses livres, y compris ses cours de préparation au droit. Il ne lui restait qu'une Bible, qu'il n'avait jamais lue et qu'il n'arriva pas à terminer.

Il la lut page après page, parfois avec intérêt, parfois avec ennui, et il s'imposa la tâche d'apprendre par cœur quelque chapitre de l'Exode et la fin de l'Ecclésiaste. Il ne cherchait pas à comprendre ce qu'il lisait. Il était libre-penseur, mais il ne manquait jamais de réciter tous les soirs le Notre-Père comme il l'avait promis à sa mère en la quittant pour venir s'établir à Montevideo. Ne pas tenir cette promesse filiale lui aurait sans doute porté malheur.

Il savait qu'il lui fallait attendre la matinée du 25 août. Il savait le nombre exact de jours qui l'en séparaient. Une fois son but atteint, le temps cesserait de compter, ou, plus précisément, peu importait ce qui se passerait ensuite. Il attendait cette date comme on attend un bonheur ou une libération. Il avait arrêté sa montre pour ne pas passer son temps à la consulter, mais chaque nuit, quand il entendait au-dehors sonner les douze coups de minuit, il arrachait une feuille à son calendrier et se disait : *un jour de moins*.

Il voulut tout d'abord mettre au point une routine : boire du maté, fumer les cigarettes de tabac noir qu'il roulait lui-même, lire et relire un nombre déterminé de pages, essayer de bavarder avec Clementina quand celle-ci lui apportait ses repas sur un plateau, répéter et fignoler un certain discours avant de souffler sa bougie. Parler avec Clementina, femme d'un âge assez avancé, ce n'était guère facile car sa mémoire en était restée à sa lointaine campagne et aux souvenirs de sa vie quotidienne à la campagne.

Disponía asimismo de un tablero de ajedrez en el que jugaba partidas desordenadas que no acertaban con el fin. Le faltaba una torre que solía suplir con una bala o con un vintén.

Para poblar el tiempo, Arredondo se hacía la pieza cada mañana con un trapo y con un escobillón y perseguía a las arañas. A la parda no le gustaba que se rebajara a esos menesteres, que eran de su gobierno y que, por lo demás, él no sabía desempeñar.

Hubiera preferido recordarse con el sol ya bien alto, pero la costumbre de hacerlo cuando clareaba pudo más que su voluntad. Extrañaba muchísimo a sus amigos y sabía sin amargura que éstos no lo extrañaban, dada su invencible reserva. Una tarde preguntó por él uno de ellos y lo despacharon desde el zaguán. La parda no lo conocía; Arredondo nunca supo quién era. Avido lector de periódicos, le costó renunciar a esos museos de minucias efímeras. No era hombre de pensar ni de cavilar.

Sus días y sus noches eran iguales, pero le pesaban más los domingos.

A mediados de julio conjeturó que había cometido un error al parcelar el tiempo, que de cualquier modo nos lleva.

Il disposait aussi d'un échiquier sur lequel il faisait des parties désordonnées qu'il n'arrivait jamais à terminer. Il lui manquait une tour qu'il remplaçait habituellement par une cartouche ou par une pièce de vingt sous.

Pour passer le temps, Arredondo faisait, chaque matin, le ménage de sa chambre avec un chiffon à poussière et un petit balai, et il faisait la chasse aux araignées. La mulâtresse n'aimait pas le voir s'abaisser à ces travaux qui étaient de son ressort à elle et que d'ailleurs il exécutait fort mal.

Il aurait souhaité se réveiller quand le soleil était déjà haut dans le ciel mais l'habitude de se lever à l'aube fut plus forte que sa volonté. Ses amis lui manquaient beaucoup et il savait, sans en éprouver d'amertume, qu'eux-mêmes ne regrettaient pas son absence, étant donné son invincible réserve. L'un d'eux vint un après-midi demander de ses nouvelles et fut renvoyé dès le seuil du vestibule. La mulâtresse ne le connaissait pas, et Arredondo ne sut jamais de qui il s'agissait. Grand lecteur de journaux, il lui en coûta de renoncer à ces musées de bagatelles éphémères. Il n'était pas un homme porté à la réflexion ni à la méditation.

Ses jours et ses nuits s'écoulaient identiques, mais les dimanches lui pesaient particulièrement.

Vers la mi-juillet il pensa qu'il avait eu tort de morceler le temps qui, quoi qu'on fasse, nous emporte.

Entonces dejó errar su imaginación por la dilatada tierra oriental, hoy ensangrentada, por los quebrados campos de Santa Irene, donde había remontado cometas, por cierto petiso tubiano, que ya habría muerto, por el polvo que levanta la hacienda, cuando la arrean los troperos, por la diligencia cansada que venía cada mes desde Fray Bentos con su carga de baratijas, por la bahía de La Agraciada, donde desembarcaron los Treinta y Tres, por el Hervidero, por cuchillas, montes y ríos, por el Cerro que había escalado hasta la farola, pensando que en las dos bandas del Plata no hay otro igual. Del cerro de la bahía pasó una vez al cerro del escudo y se quedó dormido.

Cada noche la virazón traía la frescura, propicia al sueño. Nunca se desveló.

Quería plenamente a su novia, pero se había dicho que un hombre no debe pensar en mujeres, sobre todo cuando le faltan. El campo lo había acostumbrado a la castidad. En cuanto al otro asunto... trataba de pensar lo menos posible en el hombre que odiaba.

El ruido de la lluvia en la azotea lo acompañaba.

Para el encarcelado o el ciego, el tiempo fluye aguas abajo, como por una leve pendiente.

---

1. Héros de l'indépendance de la République orientale de l'Uruguay.

2. Lieu où le fleuve produit des tourbillons.

3. En voyant au loin le Cerro (tertre élevé), un des marins de la flottille de Magellan qui était de vigie, s'écria : « *Monte vide eu* » (J'ai

Il laissa alors son imagination vagabonder à travers les vastes étendues de son pays, aujourd'hui ensanglantées, revoyant par la pensée les champs vallonnés de Santa Irene où il avait joué au cerf-volant, un certain petit cheval pie qui devait être mort à l'heure actuelle, la poussière que soulèvent les troupeaux fouettés par leurs conducteurs, la diligence poussive qui venait chaque mois de Fray Bentos avec son chargement de pacotille, la baie de La Agraciada, où débarquèrent les Trente-Trois[1], l'Hervidero[2], les crêtes, les bois et les rivières, et le Cerro qu'il avait escaladé jusqu'au phare qui le surmonte, convaincu que d'un côté comme de l'autre du fleuve de la Plata il n'y avait pas de plus beau point de vue. Du tertre de la baie il passa au tertre de l'écu[3] et il s'endormit.

Chaque nuit le vent du Sud[4] apportait la fraîcheur propice au sommeil. Il n'eut jamais d'insomnie.

Il aimait profondément sa fiancée mais il s'était dit qu'un homme ne doit pas penser aux femmes, surtout quand celles-ci font défaut. La campagne l'avait habitué à la chasteté. Quant à l'autre affaire... il s'efforçait de penser le moins possible à l'homme qu'il haïssait.

Le bruit de la pluie sur la terrasse du toit lui tenait compagnie.

Pour un prisonnier ou un aveugle, le temps s'écoule comme de l'eau sur une pente douce.

---

vu une montagne), ce qui donna Montevideo. Le Cerro se trouve symboliquement au centre de l'écu de Montevideo, parmi les flots et couronné d'un château.

4. Vent qui vient du sud et qui change le temps.

Al promediar su reclusión Arredondo logró más de una vez ese tiempo casi sin tiempo. En el primer patio había un aljibe con un sapo en el fondo; nunca se le ocurrió pensar que el tiempo del sapo, que linda con la eternidad, era lo que buscaba.

Cuando la fecha no estaba lejos, empezó otra vez la impaciencia. Una noche no pudo más y salió a la calle. Todo le pareció distinto y más grande. Al doblar una esquina, vio una luz y entró en un almacén. Para justificar su presencia, pidió una caña amarga. Acodados contra el mostrador de madera conversaban unos soldados. Dijo uno de ellos :

—Ustedes saben que está formalmente prohibido que se den noticias de las batallas. Ayer tarde nos ocurrió una cosa que los va a divertir. Yo y unos compañeros de cuartel pasamos frente a *La Razón*. Oímos desde afuera una voz que contravenía la orden. Sin perder tiempo entramos. La redacción estaba como boca de lobo, pero lo quemamos a balazos al que seguía hablando. Cuando se calló, lo buscamos para sacarlo por las patas, pero vimos que era una máquina que le dicen *fonógrafo* y que habla sola.

Todos se rieron.

Arredondo se había quedado escuchando. El soldado le dijo :

Vers le milieu de son temps de réclusion Arredondo parvint plus d'une fois à vivre ce temps presque hors du temps. Il y avait dans le premier patio[1] un puits avec un crapaud au fond ; il ne lui vint jamais à l'idée que le temps du crapaud, temps voisin de l'éternité, était cela même qu'il souhaitait.

Quand la date approcha, l'impatience le reprit. Une nuit, n'y tenant plus, il sortit dans la rue. Tout lui sembla nouveau et plus grand. En tournant à l'angle d'une rue, il aperçut de la lumière et il entra dans un café. Pour justifier sa présence, il demanda un verre d'eau-de-vie. Accoudés au comptoir de bois des soldats bavardaient. L'un d'eux dit :

— Vous savez qu'il est formellement interdit de parler des combats en cours. Hier après-midi il nous est arrivé une chose qui va vous faire rire. Je passais avec des camarades de la caserne devant *La Razón*. De la rue nous avons entendu quelqu'un qui enfreignait cette consigne. Sans perdre une minute nous sommes entrés. La salle de rédaction était plongée dans l'obscurité mais nous avons fait feu sur celui qui continuait à parler. Quand il a fini par se taire, nous l'avons cherché à tâtons pour le sortir de là les pieds devant, mais nous nous sommes aperçus que c'était une de ces machines qu'on appelle *phonographes* et qui parlent toutes seules.

Ils éclatèrent tous de rire.

Arredondo resta silencieux. Le soldat lui dit :

---

1. Les maisons coloniales traditionnelles en comptaient trois, le dernier étant réservé aux esclaves.

—¿ Qué le parece el chasco, aparcero?

Arredondo guardó silencio. El del uniforme le acercó la cara y le dijo :

—Gritá en seguida : ¡Viva el Presidente de la Nación, Juan Idiarte Borda !

Arredondo no desobedeció. Entre aplausos burlones ganó la puerta. Ya en la calle lo golpeó una última injuria.

—El miedo no es sonso ni junta rabia.

Se había portado como un cobarde, pero sabía que no lo era. Volvió pausadamente a su casa.

El día veinticinco de agosto, Avelino Arredondo se recordó a las nueve pasadas. Pensó primero en Clara y sólo después en la fecha. Se dijo con alivio : *Adiós a la tarea de esperar. Ya estoy en el día.*

Se afeitó sin apuro y en el espejo lo enfrentó la cara de siempre. Eligió una corbata colorada y sus mejores prendas. Almorzó tarde. El cielo gris amenazaba llovizna ; siempre se lo había imaginado radiante. Lo rozó un dejo de amargura al dejar para siempre la pieza húmeda. En el zaguán se cruzó con la parda y le dio los últimos pesos que le quedaban. En la chapa de la ferretería vio rombos de colores y reflexionó que durante más de dos meses no había pensado en ellos. Se encaminó a la calle de Sarandí. Era día feriado y circulaba muy poca gente.

— Elle est bonne, celle-là, pas vrai l'ami[1] ?

Arredondo ne dit mot, l'homme en uniforme s'approcha et lui dit :

— Crie tout de suite : Vive le Président Juan Idiarte Borda !

Arredondo ne désobéit pas. Sous les applaudissements moqueurs il gagna la porte. Une dernière injure l'atteignit alors qu'il était déjà dans la rue :

— La peur est sans rancune et n'est pas bête.

Il s'était comporté comme un lâche mais il savait qu'il n'en était pas un. Il revint tranquillement chez lui.

Le 25 août, Avelino Arredondo se réveilla alors qu'il était plus de neuf heures. Il pensa d'abord à Clara et ensuite seulement à la date du jour. Il se dit avec soulagement : *Fini le supplice de l'attente. C'est le grand jour, enfin !*

Il se rasa sans hâte et la glace lui renvoya son visage habituel. Il choisit une cravate rouge et mit ses plus beaux vêtements. Il déjeuna assez tard. Le ciel gris laissait présager de la pluie ; il l'avait toujours imaginé radieux. Il eut un serrement de cœur en quittant pour toujours sa chambre humide. Dans le vestibule, il croisa la mulâtresse à qui il donna les dernières pièces de monnaie qui lui restaient en poche. Sur le rideau de fer de la quincaillerie il vit des losanges de couleur et il se dit qu'il y avait plus de deux mois qu'il les avait oubliés. Il se dirigea vers la rue Sarandi. C'était un jour férié et il y avait très peu de monde dehors.

1. Le terme *aparcero*, qui signifie compagnon, ami, était uniquement employé entre gauchos

No habían dado las tres cuando arribó a la Plaza Matriz. El Te Deum ya había concluido; un grupo de caballeros, de militares y de prelados, bajaba por las lentas gradas del templo. A primera vista, los sombreros de copa, algunos aún en la mano, los uniformes, los entorchados, las armas y las túnicas, podían crear la ilusión de que eran muchos; en realidad, no pasarían de una treintena. Arredondo, que no sentía miedo, sintió una suerte de respeto. Preguntó cuál era el presidente. Le contestaron :

—Ese que va al lado del arzobispo con la mitra y el báculo.

Sacó el revólver e hizo fuego.

Idiarte Borda dio unos pasos, cayó de bruces y dijo claramente : Estoy muerto.

Arredondo se entregó a las autoridades. Después declararía :

—Soy colorado y lo digo con todo orgullo. He dado muerte al Presidente, que traicionaba y mancillaba a nuestro partido. Rompí con los amigos y con la novia, para no complicarlos ; no miré diarios para que nadie pueda decir que me han incitado. Este acto de justicia me pertenece. Ahora, que me juzguen.

Así habrán ocurrido los hechos, aunque de un modo más complejo ; así puedo soñar que ocurrieron.

Il n'était pas encore trois heures quand il arriva place Matriz. On avait fini de chanter le Te Deum ; un groupe de notables, de militaires et de prélats descendaient lentement les marches de l'église. A première vue, les chapeaux hauts-de-forme, que certains tenaient encore à la main, les uniformes, les galons, les armes et les tuniques pouvaient donner l'illusion d'une foule nombreuse ; en réalité, il n'y avait pas là plus d'une trentaine de personnes. Arredondo, qui n'éprouvait aucun sentiment de peur, fut saisi d'une sorte de respect. Il demanda qui était le président. On lui répondit :

— Celui-là, qui marche à côté de l'archevêque avec sa mitre et sa crosse.

Il sortit son revolver et fit feu.

Idiarte Borda[1] avança de quelques pas, tomba à plat ventre et déclara distinctement : Je suis mort.

Arredondo se livra aux autorités. Il devait déclarer plus tard :

— Je suis du parti rouge et je le dis avec fierté. J'ai tué le Président qui trahissait et souillait notre parti. J'ai rompu avec mes amis et ma fiancée pour ne pas les compromettre ; je n'ai lu aucun journal afin que personne ne puisse dire que j'ai subi une influence quelconque. Cet acte de justice m'appartient. Maintenant, qu'on me juge.

Ainsi ont dû se passer les faits, quoique de façon plus complexe ; ainsi puis-je rêver qu'ils se passèrent.

1. L'histoire est authentique. L'homme politique uruguayen Juan Idiarte Borda (1844-1897), président de la République depuis 1894, fut assassiné sur les marches de la cathédrale de Montevideo après un office solennel. Arredondo fut défendu par l'avocat Luis Melián Lafinur, oncle de Jorge Luis Borges.

El disco
Le disque

Soy leñador. El nombre no importa. La choza en que nací y en la que pronto habré de morir queda al borde del bosque. Del bosque dicen que se alarga hasta el mar que rodea toda la tierra y por el que andan casas de madera iguales a la mía. No sé; nunca lo he visto. Tampoco he visto el otro lado del bosque. Mi hermano mayor, cuando éramos chicos, me hizo jurar que entre los dos talaríamos todo el bosque hasta que no quedara un solo árbol. Mi hermano ha muerto y ahora es otra cosa la que busco y seguiré buscando. Hacia el poniente corre un riacho en el que sé pescar con la mano. En el bosque hay lobos, pero los lobos no me arredran y mi hacha nunca me fue infiel. No he llevado la cuenta de mis años. Sé que son muchos. Mis ojos ya no ven. En la aldea, a la que ya no voy porque me perdería, tengo fama de avaro, pero ¿qué puede haber juntado un leñador del bosque?

Je suis un bûcheron. Peu importe mon nom. La cabane où je suis né et dans laquelle je mourrai bientôt est en bordure de la forêt. Il paraît que cette forêt va jusqu'à la mer qui fait tout le tour de la terre et sur laquelle circulent des maisons en bois comme la mienne. Je n'en sais rien ; je n'ai jamais vu cela. Je n'ai pas vu non plus l'autre bout de la forêt. Mon frère aîné, quand nous étions petits, me fit jurer avec lui d'abattre à nous deux la forêt tout entière jusqu'à ce qu'il ne reste plus un seul arbre debout. Mon frère est mort et maintenant ce que je cherche et que je continuerai à chercher, c'est autre chose. Vers le Ponant court un ruisseau dans lequel je sais pêcher à la main. Dans la forêt, il y a des loups, mais les loups ne me font pas peur et ma hache ne m'a jamais été infidèle. Je n'ai pas fait le compte de mes années. Je sais qu'elles sont nombreuses. Mes yeux n'y voient plus. Dans le village, où je ne vais pas parce que je me perdrais en chemin, j'ai la réputation d'être avare mais quel magot peut bien avoir amassé un bûcheron de la forêt ?

Cierro la puerta de mi casa con una piedra para que la nieve no entre. Una tarde oí pasos trabajosos y luego un golpe. Abrí y entró un desconocido. Era un hombre alto y viejo, envuelto en una manta raída. Le cruzaba la cara una cicatriz. Los años parecían haberle dado más autoridad que flaqueza, pero noté que le costaba andar sin el apoyo del bastón. Cambiamos unas palabras que no recuerdo. Al fin dijo :

—No tengo hogar y duermo donde puedo. He recorrido toda Sajonia.

Esas palabras convenían a su vejez. Mi padre siempre hablaba de Sajonia; ahora la gente dice Inglaterra.

Yo tenía pan y pescado. No hablamos durante la comida. Empezó a llover. Con unos cueros le armé una yacija en el suelo de tierra, donde murió mi hermano. Al llegar la noche dormimos.

Clareaba el día cuando salimos de la casa. La lluvia había cesado y la tierra estaba cubierta de nieve nueva. Se le cayó el bastón y me ordenó que lo levantara.

—¿ Por qué he de obedecerte ? —le dije.

—Porque soy un rey —contestó.

Lo creí loco. Recogí el bastón y se lo di.

Habló con una voz distinta.

Je ferme la porte de ma maison avec une pierre pour que la neige n'entre pas. Un après-midi, j'ai entendu des pas pesants puis un coup frappé à ma porte. J'ai ouvert et j'ai fait entrer un inconnu. C'était un vieil homme, de haute taille, enveloppé dans une couverture élimée. Une cicatrice lui barrait le visage. Son grand âge semblait lui avoir donné plus d'autorité sans lui enlever ses forces, mais je remarquai toutefois qu'il devait s'appuyer sur sa canne pour marcher. Nous avons échangé quelques propos dont je ne me souviens pas. Il dit enfin :

— Je n'ai pas de foyer et je dors où je peux. J'ai parcouru tout le royaume anglo-saxon.

Ces mots convenaient à son âge. Mon père parlait toujours du royaume anglo-saxon ; maintenant les gens disent l'Angleterre.

J'avais du pain et du poisson. Nous avons dîné en silence. La pluie s'est mise à tomber. Avec quelques peaux de bêtes je lui ai fait une couche sur le sol de terre, là même où était mort mon frère. La nuit venue, nous nous sommes endormis.

Le jour se levait quand nous sommes sortis de la maison. La pluie avait cessé et la terre était couverte de neige nouvelle. Il fit tomber sa canne et m'ordonna de la lui ramasser.

— Pourquoi faut-il que je t'obéisse ? lui dis-je.

— Parce que je suis un roi, me répondit-il.

Je pensai qu'il était fou. Je ramassai sa canne et la lui donnai.

Il parla d'une voix différente.

—Soy rey de los Secgens. Muchas veces los llevé a la victoria en la dura batalla, pero en la hora del destino perdí mi reino. Mi nombre es Isern y soy de la estirpe de Odín.

—Yo no venero a Odín —le contesté—. Yo venero a Cristo.

Como si no me oyera continuó :

—Ando por los caminos del destierro pero aún soy el rey porque tengo el disco. ¿Quieres verlo?

Abrió la palma de la mano que era huesuda. No había nada en la mano. Estaba vacía. Fue sólo entonces que advertí que siempre la había tenido cerrada.

Dijo, mirándome con fijeza :

—Puedes tocarlo.

Ya con algún recelo puse la punta de los dedos sobre la palma. Sentí una cosa fría y vi un brillo. La mano se cerró bruscamente. No dije nada. El otro continuó con paciencia como si hablara con un niño :

—Es el disco de Odín. Tiene un solo lado. En la tierra no hay otra cosa que tenga un solo lado. Mientras esté en mi mano seré el rey.

—¿Es de oro? —le dije.

—No sé. Es el disco de Odín y tiene un solo lado.

Entonces yo sentí la codicia de poseer el disco. Si fuera mío, lo podría vender por una barra de oro y sería un rey.

Le dije al vagabundo que aún odio :

—En la choza tengo escondido un cofre de monedas. Son de oro y brillan como el hacha. Si me das el disco de Odín, yo te doy el cofre.

— Je suis le roi des Secgens. Je les ai souvent menés à la victoire en de rudes combats, mais à l'heure marquée par le destin, j'ai perdu mon royaume. Mon nom est Isern et je descends d'Odin.

— Je ne vénère pas Odin, lui répondis-je. Je crois au Christ.

Il reprit, comme s'il ne m'avait pas entendu :

— J'erre par les chemins de l'exil mais je suis encore le roi parce que j'ai le disque. Tu veux le voir ?

Il ouvrit la paume de sa main osseuse. Il n'avait rien dans sa main. Elle était vide. Ce fut alors seulement que je remarquai qu'il l'avait toujours tenue fermée.

Il dit en me fixant de son regard :

— Tu peux le toucher.

Non sans quelque hésitation, je touchai sa paume du bout des doigts. Je sentis quelque chose de froid et je vis une lueur. La main se referma brusquement. Je ne dis rien. L'autre reprit patiemment comme s'il parlait à un enfant :

— C'est le disque d'Odin. Il n'a qu'une face. Sur terre il n'existe rien d'autre qui n'ait qu'une face. Tant qu'il sera dans ma main je serai le roi.

— Il est en or ? demandai-je.

— Je ne sais pas. C'est le disque d'Odin et il n'a qu'une face.

L'envie me prit alors de posséder ce disque. S'il était à moi, je pourrais le vendre, l'échanger contre un lingot d'or et je serais un roi.

Je dis à ce vagabond que je hais encore aujourd'hui :

— Dans ma cabane, j'ai dans une cachette un coffre plein de pièces. Elles sont en or et elles brillent comme ma hache. Si tu me donnes le disque d'Odin, moi je te donnerai mon coffre.

Dijo tercamente.

—No quiero.

—Entonces —dije— puedes proseguir tu camino.

Me dio la espalda. Un hachazo en la nuca bastó y sobró para que vacilara y cayera, pero al caer abrió la mano y en el aire vi el brillo. Marqué bien el lugar con el hecha y arrastré el muerto hasta el arroyo que estaba muy crecido. Ahí lo tiré.

Al volver a mi casa busqué el disco. No lo encontré. Hace años que sigo buscando.

Il dit d'un air buté :

— Je refuse.

— Eh bien alors, lui dis-je, tu peux reprendre ton chemin.

Il me tourna le dos. Un coup de hache sur sa nuque fut plus que suffisant pour le faire chanceler et tomber, mais en tombant il ouvrit la main et je vis la lueur briller dans l'air. Je marquai l'endroit exact avec ma hache et je traînai le mort jusqu'à la rivière qui était en crue. Je l'y jetai.

Rentré chez moi, j'ai cherché le disque. Je ne l'ai pas trouvé. Voilà des années que je le cherche.

El libro de arena
Le livre de sable

... *thy rope of sands*...
George Herbert (1593-1633)

La línea consta de un número infinito de puntos; el plano, de un número infinito de líneas; el volumen, de un número infinito de planos; el hipervolumen, de un número infinito de volúmenes... No, decididamente no es éste, *more geometrico*, el mejor modo de iniciar mi relato. Afirmar que es verídico es ahora una convencíon de todo relato fantástico; el mío, sin embargo, *es* verídico.

Yo vivo solo, en un cuarto piso de la calle Belgrano. Hará unos meses, al atardecer, oí un golpe en la puerta. Abrí y entró un desconocido. Era un hombre alto, de rasgos desdibujados. Acaso mi miopía los vio así. Todo su aspecto era de pobreza decente. Estaba de gris y traía una valija gris en la mano. En seguida sentí que era extranjero.

... thy rope of sands...
George Herbert (1593-1633)

La ligne est composée d'un nombre infini de points,
le plan, d'un nombre infini de lignes, le volume, d'un
nombre infini de plans, l'hypervolume, d'un nombre
infini de volumes... Non, décidément, ce n'est pas là,
more geometrico, la meilleure façon de commencer mon
récit. C'est devenu une convention aujourd'hui d'affirmer de tout conte fantastique qu'il est véridique ; le
mien, pourtant, *est* véridique

Je vis seul, au quatrième étage d'un immeuble de la
rue Belgrano. Il y a de cela quelques mois, en fin
d'après-midi, j'entendis frapper à ma porte. J'ouvris et
un inconnu entra. C'était un homme grand, aux traits
imprécis. Peut-être est-ce ma myopie qui me les fit voir
de la sorte. Tout son aspect reflétait une pauvreté
décente. Il était vêtu de gris et il tenait une valise à la
main. Je me rendis tout de suite compte que c'était un
étranger.

Al principio lo creí viejo; luego advertí que me había engañado su escaso pelo rubio, casi blanco, a la manera escandinava. En el curso de nuestra conversación, que no duraría una hora, supe que procedía de las Orcadas.

Le señalé una silla. El hombre tardó un rato en hablar. Exhalaba melancolía, como yo ahora.

—Vendo biblias —me dijo.

No sin pedantería le contesté :

—En esta casa hay algunas biblias inglesas, incluso la primera, la de John Wiclif. Tengo asimismo la de Cipriano de Valera, la de Lutero, que literariamente es la peor, y un ejemplar latino de la Vulgata. Como usted ve, no son precisamente biblias lo que me falta.

Al cabo de un silencio me contestó.

—No sólo vendo biblias. Puedo mostrarle un libro sagrado que tal vez le interese. Lo adquirí en los confines de Bikanir.

Abrió la valija y lo dejó sobre la mesa. Era un volumen en octavo, encuadernado en tela. Sin duda había pasado por muchas manos. Lo examiné; su inusitado peso me sorprendió. En el lomo decía *Holy Writ* y abajo *Bombay*.

—Será del siglo diecinueve —observé.

—No sé. No lo he sabido nunca —fue la respuesta.

Au premier abord, je le pris pour un homme âgé ; je constatai ensuite que j'avais été trompé par ses cheveux blonds, clairsemés, presque blancs, comme chez les Nordiques. Au cours de notre conversation, qui ne dura pas plus d'une heure, j'appris qu'il était originaire des Orcades.

Je lui offris une chaise. L'homme laissa passer un moment avant de parler. Il émanait de lui une espèce de mélancolie, comme il doit en être de moi aujourd'hui.

— Je vends des bibles, me dit-il.

Non sans pédanterie, je lui répondis :

— Il y a ici plusieurs bibles anglaises, y compris la première, celle de Jean Wiclef. J'ai également celle de Cipriano de Valera, celle de Luther, qui du point de vue littéraire est la plus mauvaise, et un exemplaire en latin de la Vulgate. Comme vous voyez, ce ne sont pas précisément les bibles qui me manquent.

Après un silence, il me rétorqua :

— Je ne vends pas que des bibles. Je puis vous montrer un livre sacré qui peut-être vous intéressera. Je l'ai acheté à la frontière du Bikanir.

Il ouvrit sa valise et posa l'objet sur la table. C'était un volume in-octavo, relié en toile. Il était sans aucun doute passé dans bien des mains. Je l'examinai ; son poids inhabituel me surprit. En haut du dos je lus *Holy Writ* et en bas *Bombay*.

— Il doit dater du dix-neuvième siècle, observai-je.

— Je ne sais pas. Je ne l'ai jamais su, telle fut la réponse.

Lo abrí al azar. Los caracteres me eran extraños. Las páginas, que me parecieron gastadas y de pobre tipografía, estaban impresas a dos columnas a la manera de una biblia. El texto era apretado y estaba ordenado en versículos. En el ángulo superior de las páginas había cifras arábigas. Me llamó la atención que la página par llevara el número (digamos) 40514 y la impar, la siguiente, 999. La volví; el dorso estaba numerado con ocho cifras. Llevaba una pequeña ilustración, como es de uso en los diccionarios: un ancla dibujada a la pluma, como por la torpe mano de un niño.

Fue entonces que el desconocido me dijo:

—Mírela bien. Ya no la verá nunca más.

Había una amenaza en la afirmación, pero no en la voz.

Me fijé en el lugar y cerré el volumen. Inmediatamente lo abrí. En vano busqué la figura del ancla, hoja tras hoja. Para ocultar mi desconcierto, le dije:

—Se trata de una versión de la Escritura en alguna lengua indostánica, ¿no es verdad?

—No —me replicó.

Luego bajó la voz como para confiarme un secreto:

—Lo adquirí en un pueblo de la llanura, a cambio de unas rupias y de la Biblia. Su poseedor no sabía leer. Sospecho que en el Libro de los Libros vio un amuleto. Era de la casta más baja; la gente no podía pisar su sombra, sin contaminación.

Je l'ouvris au hasard. Les caractères m'étaient inconnus. Les pages, qui me parurent assez abîmées et d'une pauvre typographie, étaient imprimées sur deux colonnes à la façon d'une bible. Le texte était serré et disposé en versets. A l'angle supérieur des pages figuraient des chiffres arabes. Mon attention fut attirée sur le fait qu'une page paire portait, par exemple, le numéro 40514 et l'impaire, qui suivait, le numéro 999. Je tournai cette page; au verso la pagination comportait huit chiffres. Elle était ornée d'une petite illustration, comme on en trouve dans les dictionnaires : une ancre dessinée à la plume, comme par la main malhabile d'un enfant.

L'inconnu me dit alors :

— Regardez-la bien. Vous ne la verrez jamais plus.

Il y avait comme une menace dans cette affirmation, mais pas dans la voix.

Je repérai sa place exacte dans le livre et fermai le volume. Je le rouvris aussitôt. Je cherchai en vain le dessin de l'ancre, page par page. Pour masquer ma surprise, je lui dis :

— Il s'agit d'une version de l'Écriture Sainte dans une des langues hindoues, n'est-ce pas ?

— Non, me répondit-il.

Puis, baissant la voix comme pour me confier un secret :

— J'ai acheté ce volume, dit-il, dans un village de la plaine, en échange de quelques roupies et d'une bible. Son possesseur ne savait pas lire. Je suppose qu'il a pris le Livre des Livres pour une amulette. Il appartenait à la caste la plus inférieure ; on ne pouvait, sans contamination, marcher sur son ombre.

Me dijo que su libro se llamaba el Libro de Arena,
porque ni el libro ni la arena tienen ni principio ni fin.

Me pidió que buscara la primera hoja.

Apoyé la mano izquierda sobre la portada y abrí con
el dedo pulgar casi pegado al índice. Todo fue inútil :
siempre se interponían varias hojas entre la portada y la
mano. Era como si brotaran del libro.

—Ahora busque el final.

También fracasé; apenas logré balbucear con una
voz que no era la mía :

—Esto no puede ser.

Siempre en voz baja el vendedor de biblias me dijo :

—No puede ser, pero *es*. El número de páginas de
este libro es exactamente infinito. Ninguna es la
primera; ninguna, la última. No sé por qué están
numeradas de ese modo arbitrario. Acaso para dar a
entender que los términos de una serie infinita admiten
cualquier número.

Después, como si pensara en voz alta :

—Si el espacio es infinito estamos en cualquier
punto del espacio. Si el tiempo es infinito estamos en
cualquier punto del tiempo.

Sus consideraciones me irritaron. Le pregunté :

—¿Usted es religioso, sin duda?

—Sí, soy presbiteriano. Mi conciencia está clara.
Estoy seguro de no haber estafado al nativo cuando le
di la Palabra del Señor a trueque de su libro diabólico.

Il me dit que son livre s'appelait le Livre de Sable, parce que ni ce livre ni le sable n'ont de commencement ni de fin.

Il me demanda de chercher la première page.

Je posai ma main gauche sur la couverture et ouvris le volume de mon pouce serré contre l'index. Je m'efforçai en vain : il restait toujours des feuilles entre la couverture et mon pouce. Elles semblaient sourdre du livre.

— Maintenant cherchez la dernière.

Mes tentatives échouèrent de même ; à peine pus-je balbutier d'une voix qui n'était plus ma voix :

— Cela n'est pas possible.

Toujours à voix basse le vendeur de bibles me dit :

— Cela n'est pas possible et pourtant cela *est*. Le nombre de pages de ce livre est exactement infini. Aucune n'est la première, aucune n'est la dernière. Je ne sais pourquoi elles sont numérotées de cette façon arbitraire. Peut-être pour laisser entendre que les composants d'une série infinie peuvent être numérotés de façon absolument quelconque.

Puis, comme s'il pensait à voix haute, il ajouta :

— Si l'espace est infini, nous sommes dans n'importe quel point de l'espace. Si le temps est infini, nous sommes dans n'importe quel point du temps.

Ses considérations m'irritèrent.

— Vous avez une religion, sans doute ? lui demandai-je.

— Oui, je suis presbytérien. Ma conscience est tranquille. Je suis sûr de ne pas avoir escroqué l'indigène en lui donnant la Parole du Seigneur en échange de son livre diabolique.

Le aseguré que nada tenía que reprocharse, y le pregunté si estaba de paso por estas tierras. Me respondió que dentro de unos días pensaba regresar a su patria. Fue entonces cuando supe que era escocés, de las islas Orcadas. Le dije que a Escocia yo la quería personalmente por el amor de Stevenson y de Hume.

—Y de Robbie Burns —corrigió.

Mientras hablábamos yo seguía explorando el libro infinito. Con falsa indiferencia le pregunté :

—¿Usted se propone ofrecer este curioso especimen al Museo Británico ?

—No. Se lo ofrezco a usted —me replicó, y fijó una suma elevada.

Le respondí, con toda verdad, que esa suma era inaccesible para mí y me quedé pensando. Al cabo de unos pocos minutos había urdido mi plan.

—Le propongo un canje —le dije—. Usted obtuvo este volumen por unas rupias y por la Escritura Sagrada ; yo le ofrezco el monto de mi jubilación, que acabo de cobrar, y la Biblia de Wiclif en letra gótica. La heredé de mis padres.

—¡A black letter Wiclif! —murmuró.

Fui a mi dormitorio y le traje el dinero y el libro. Volvió las hojas y estudió la carátula con fervor de bibliófilo.

—Trato hecho —me dijo.

Me asombró que no regateara. Sólo después comprendería que había entrado en mi casa con la decisión de vender el libro. No contó los billetes, y los guardó.

Je l'assurai qu'il n'avait rien à se reprocher et je lui demandai s'il était de passage seulement sous nos climats. Il me répondit qu'il pensait retourner prochainement dans sa patrie. C'est alors que j'appris qu'il était Écossais, des îles Orcades. Je lui dis que j'aimais personnellement l'Écosse, ayant une véritable passion pour Stevenson et pour Hume.

— Et pour Robbie Burns, corrigea-t-il

Tandis que nous parlions je continuais à feuilleter le livre infini.

— Vous avez l'intention d'offrir ce curieux spécimen au British Museum ? lui demandai-je, feignant l'indifférence.

— Non. C'est à vous que je l'offre, me répliqua-t-il, et il énonça un prix élevé.

Je lui répondis, en toute sincérité, que cette somme n'était pas dans mes moyens et je me mis à réfléchir Au bout de quelques minutes, j'avais ourdi mon plan.

— Je vous propose un échange, lui dis-je. Vous, vous avez obtenu ce volume contre quelques roupies et un exemplaire de l'Écriture Sainte ; moi, je vous offre le montant de ma retraite, que je viens de toucher, et la bible de Wiclef en caractères gothiques. Elle me vient de mes parents.

— *A black letter Wiclef !* murmura-t-il.

J'allai dans ma chambre et je lui apportai l'argent et le livre. Il le feuilleta et examina la page de titre avec une ferveur de bibliophile.

— Marché conclu, me dit-il.

Je fus surpris qu'il ne marchandât pas. Ce n'est que par la suite que je compris qu'il était venu chez moi décidé à me vendre le livre. Sans même les compter, il mit les billets dans sa poche.

Hablamos de la India, de las Orcadas y de los *jarls* noruegos que las rigieron. Era de noche cuando el hombre se fue. No he vuelto a verlo ni sé su nombre.

Pensé guardar el Libro de Arena en el hueco que había dejado el Wiclif, pero opté al fin por esconderlo detrás de unos volúmenes descabalados de Las Mil y Una Noches.

Me acosté y no dormí. A las tres o cuatro de la mañana prendí la luz. Busqué el libro imposible, y volví las hojas. En una de ellas vi grabada una máscara. El ángulo llevaba una cifra, ya no sé cuál, elevada a la novena potencia.

No mostré a nadie mi tesoro. A la dicha de poseerlo se agregó el temor de que lo robaran, y después el recelo de que no fuera verdaderamente infinito. Esas dos inquietudes agravaron mi ya vieja misantropía. Me quedaban unos amigos; dejé de verlos. Prisionero del Libro, casi no me asomaba a la calle. Examiné con una lupa el gastado lomo y las tapas, y rechacé la posibilidad de algún artificio. Comprobé que las pequeñas ilustraciones distaban dos mil páginas una de otra. Las fui anotando en una libreta alfabética, que no tardé en llenar. Nunca se repitieron. De noche, en los escasos intervalos que me concedía el insomnio, soñaba con el libro.

Nous parlâmes de l'Inde, des Orcades et des *jarls* norvégiens qui gouvernèrent ces îles. Quand l'homme s'en alla, il faisait nuit. Je ne l'ai jamais revu et j'ignore son nom.

Je comptais ranger le Livre de Sable dans le vide qu'avait laissé la bible de Wiclef, mais je décidai finalement de le dissimuler derrière des volumes dépareillés des *Mille et Une Nuits*.

Je me couchai mais ne dormis point. Vers trois ou quatre heures du matin, j'allumai. Je repris le livre impossible et me mis à le feuilleter. Sur l'une des pages, je vis le dessin d'un masque. Le haut du feuillet portait un chiffre, que j'ai oublié, élevé à la puissance 9.

Je ne montrai mon trésor à personne. Au bonheur de le posséder s'ajouta la crainte qu'on ne me le volât, puis le soupçon qu'il ne fût pas véritablement infini. Ces deux soucis vinrent accroître ma vieille misanthropie. J'avais encore quelques amis ; je cessai de les voir. Prisonnier du livre, je ne mettais pratiquement plus les pieds dehors. J'examinai à la loupe le dos et les plats fatigués et je repoussai l'éventualité d'un quelconque artifice. Je constatai que les petites illustrations se trouvaient à deux mille pages les unes des autres. Je les notai dans un répertoire alphabétique que je ne tardai pas à remplir. Elles ne réapparurent jamais. La nuit, pendant les rares intervalles que m'accordait l'insomnie, je rêvais du livre.

Declinaba el verano, y comprendí que el libro era monstruoso. De nada me sirvió considerar que no menos monstruoso era yo, que lo percibía con ojos y lo palpaba con diez dedos con uñas. Sentí que era un objeto de pesadilla, una cosa obscena que infamaba y corrompía la realidad.

Pensé en el fuego, pero temí que la combustión de un libro infinito fuera parejamente infinita y sofocara de humo al planeta.

Recordé haber leído que el mejor lugar para ocultar una hoja es un bosque. Antes de jubilarme trabajaba en la Biblioteca Nacional, que guarda novecientos mil libros; sé que a mano derecha del vestíbulo una escalera curva se hunde en el sótano, donde están los periódicos y los mapas. Aproveché un descuido de los empleados para perder el Libro de Arena en uno de los húmedos anaqueles. Traté de no fijarme a qué altura ni a qué distancia de la puerta.

Siento un poco de alivio, pero no quiero ni pasar por la calle México.

L'été déclinait quand je compris que ce livre était monstrueux. Cela ne me servit à rien de reconnaître que j'étais moi-même également monstrueux, moi qui le voyais avec mes yeux et le palpais avec mes dix doigts et mes ongles. Je sentis que c'était un objet de cauchemar, une chose obscène qui diffamait et corrompait la réalité.

Je pensai au feu, mais je craignis que la combustion d'un livre infini ne soit pareillement infinie et n'asphyxie la planète par sa fumée.

Je me souvins d'avoir lu quelque part que le meilleur endroit où cacher une feuille c'est une forêt. Avant d'avoir pris ma retraite, je travaillais à la Bibliothèque nationale, qui abrite neuf cent mille livres ; je sais qu'à droite du vestibule, un escalier en colimaçon descend dans les profondeurs d'un sous-sol où sont gardés les périodiques et les cartes. Je profitai d'une inattention des employés pour oublier le livre de sable sur l'un des rayons humides. J'essayai de ne pas regarder à quelle hauteur ni à quelle distance de la porte.

Je suis un peu soulagé mais je ne veux pas même passer rue Mexico[1].

---

1. Rue de Buenos Aires où se trouve la Bibliothèque nationale.

EPÍLOGO

Prologar cuentos no leídos aún es tarea casi imposible,
ya que exige el análisis de tramas que no conviene
anticipar. Prefiero por consiguiente un epílogo.

El relato inicial retoma el viejo tema del doble, que
movió tantas veces la siempre afortunada pluma de
Stevenson. En Inglaterra su nombre es fetch o, de manera
más libresca, wraith of the living; en Alemania, Doppelgaenger. Sospecho que uno de sus primeros apodos fue el
de alter ego. Esta aparición espectral habrá procedido de
los espejos del metal o del agua, o simplemente de la
memoria, que hace de cada cual un espectador y un actor.
Mi deber era conseguir que los interlocutores fueran lo
bastante distintos para ser dos y lo bastante parecidos para
ser uno. ¿Valdrá la pena declarar que concebí la historia a
orillas del río Charles, en New England, cuyo frío curso
me recordó el lejano curso del Ródano?

El tema del amor es harto común en mis versos; no así en
mi prosa, que no guarda otro ejemplo que Ulrica. Los
lectores advertirán su afinidad con El Otro.

ÉPILOGUE

Écrire une préface à des contes qui n'ont pas encore été lus est une tâche presque impossible, puisqu'elle oblige à analyser des situations dont il convient de ne pas dévoiler la trame. Je préfère donc m'en tenir à un épilogue.

Le premier récit reprend le vieux thème du double, qui inspira si souvent la plume, toujours heureuse, de Stevenson. En Angleterre son nom est fetch *ou, de façon plus littéraire,* wraith of the living; *en Allemagne,* doppelgaenger. *Je soupçonne que l'une de ses premières désignations fut celle d'alter ego. Cette apparition spectrale aura sans doute été un reflet renvoyé par un métal ou par l'eau, ou simplement par la mémoire, qui fait de chacun de nous un spectateur et un acteur. Il me fallait faire en sorte que les interlocuteurs fussent assez distincts pour être deux et assez semblables pour n'être qu'un. Dois-je avouer que je conçus cette histoire en Nouvelle-Angleterre, au bord du fleuve Charles, dont les eaux froides me rappelèrent le lointain cours du Rhône ?*

Le thème de l'amour intervient très souvent dans mes vers, mais pas dans ma prose, qui ne présente d'autre exemple qu'Ulrica. Les lecteurs remarqueront ses affinités avec L'Autre.

El Congreso *es quizá la más abiciosa de las fábulas de este libro; su tema es una empresa tan vasta que se confunde al fin con el cosmos y con la suma de los días. El opaco principio quiere imitar el de las ficciones de Kafka; el fin quiere elevarse, sin duda en vano, a los éxtasis de Chesterton o de John Bunyan. No he merecido nunca semejante revelación, pero he procurado soñarla. En su decurso he entretejido, según es mi hábito, rasgos autobiográficos.*

El destino que, según es fama, es inescrutable, no me dejó en paz hasta que perpetré un cuento póstumo de Lovecraft, escritor que siempre he juzgado un parodista involuntario de Poe. Acabé por ceder; el lamentable fruto se titula There Are More Things.

La Secta de los Treinta *rescata, sin el menor apoyo documental, la historia de una herejía posible.*

La noche de los dones *es tal vez el relato más inocente, más violento y más exaltado que ofrece este volumen.*

La biblioteca de Babel *(1941) imagina un número infinito de libros;* Undr *y* El espejo y la máscara, *literaturas seculares que constan de una sola palabra.*

Utopía de un hombre que está cansado, *es, a mi juicio, la pieza más honesta y melancólica de la serie.*

Siempre me ha sorprendido la obsesión ética de los americanos del Norte; El soborno *quiere reflejar ese rasgo.*

Pese a John Felton, a Charlotte Corday, a la conocida opinión de Rivera Indarte («Es acción santa matar a Rosas») y al Himno Nacional Uruguayo («Si tiranos, de Bruto el puñal») no apruebo el asesinato político.

Le Congrès *est peut-être la fable la plus ambitieuse de ce livre ; son thème est celui d'une entreprise tellement vaste qu'elle finit par se confondre avec le cosmos et avec la somme des jours. Le début, par son opacité, veut imiter celui des fictions de Kafka ; la fin cherche à s'élever, sans doute en vain, jusqu'aux extases de Chesterton ou de John Bunyan. Je n'ai jamais mérité semblable révélation, mais j'ai tenté de la rêver. En cours de route j'ai introduit, selon mon habitude, des traits autobiographiques.*

Le destin qui, dit-on, est impénétrable, ne me laissa pas en paix que je n'aie perpétré un conte posthume de Lovecraft, écrivain que j'ai toujours considéré comme un pasticheur involontaire d'Edgar Allan Poe. J'ai fini par céder ; mon lamentable fruit s'intitule There Are More Things.

La Secte des Trente *consigne, sans le moindre document à l'appui, l'histoire d'une hérésie possible.*

La nuit des dons *est peut-être le récit le plus innocent, le plus violent et le plus exalté qu'offre cet ouvrage.*

La bibliothèque de Babel *(1941) imaginait un nombre infini de livres ;* Undr *et* Le miroir et le masque, *des littératures séculaires qui ne comportent qu'un seul mot.*

Utopie d'un homme qui est fatigué *est, à mon sens, la pièce la plus honnête et la plus mélancolique de la série.*

J'ai toujours été surpris par l'éthique obsessionnelle des Américains du Nord ; Le stratagème *cherche à illustrer ce trait de caractère.*

Malgré John Felton, Charlotte Corday, l'opinion bien connue de Rivera Indarte (« C'est une œuvre pie que de tuer Rosas ») et l'hymne national uruguayen (« Pour des tyrans, le poignard de Brutus »), je n'approuve pas l'assassinat politique.

Sea lo que fuere, los lectores del solitario crimen de Arredondo querrán saber el fin. Luis Melián Lafinur pidió su absolución, pero los jueces Carlos Fein y Cristóbal Salvañac lo condenaron a un mes de reclusión celular y a cinco años de cárcel. Una de las calles de Montevideo lleva ahora su nombre.

Dos objetos adversos e inconcebibles son la materia de los últimos cuentos. El disco es el círculo euclidiano, que admite solamente una cara; El libro de arena, un volumen de incalculables hojas.

Espero que las notas apresuradas que acabo de dictar no agoten este libro y que sus sueños sigan ramificándose en la hospitalaria imaginación de quienes ahora lo cierran.

J. L. B.
Buenos Aires, 3 de febrero de 1975.

Quoi qu'il en soit, les lecteurs du crime solitaire d'Arredondo voudront savoir ce qu'il advint de lui. Luis Melian Lafinur demanda sa grâce, mais les juges Carlos Fein et Cristobal Salvañac le condamnèrent à un mois de réclusion cellulaire et à cinq ans de prison. Une des rues de Montevideo porte aujourd'hui son nom.

Deux objets différents et inconcevables forment la matière des derniers contes. Le disque, c'est le cercle euclidien, qui ne comporte qu'une seule face ; Le livre de sable, un volume au nombre incalculable de pages.

J'espère que ces notes hâtives que je viens de dicter n'épuiseront pas l'intérêt de ce livre et que les rêves qu'il contient continueront à se propager dans l'hospitalière imagination de ceux qui, en cet instant, le referment.

J.L.B.
Buenos Aires, 3 février 1975.

DU MÊME AUTEUR
DANS LA COLLECTION FOLIO

Fictions (n° 614)
Livre de préfaces suivi d'*Essai d'autobiographie* (n° 1794)
Le rapport de Brodie (n° 1588)

*Impression Bussière Camedan Imprimeries
à Saint-Amand (Cher),
le 23 mai 1996.
Dépôt légal : mai 1996.
1ᵉʳ dépôt légal dans la collection : septembre 1990.
Numéro d'imprimeur : 1/1128.*
ISBN 2-07-038314-8./Imprimé en France.

77885